もう好きにしてください
淫辱と鎖と秘密の穴
システムロゼ　原作
もりたみよを　著
天手古舞　画
PARADIGM NOVELS 91

登場人物

仁科幸子《にしな さちこ》　女医。新造の愛人でもあり、財産を狙っている。

清沢《きよさわ》**アイ**　メイド。一郎の身の回りの世話も行っている。

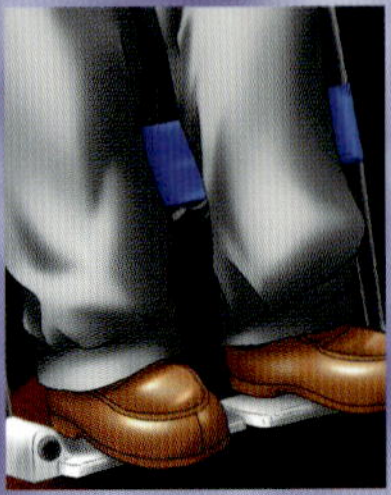

平山一郎《ひらやまいちろう》　交通事故にあって以来、車椅子で生活している。

山本洋子《やまもとようこ》　男たちに輪姦され、屋敷に迷い込んできた少女。

島村《しまむら》**ルミ**　格闘技をこなす屋敷の警備員。男嫌いの節がある。

末原節子《すえはらせつこ》　看護婦。実はアニメオタクで、コスプレが趣味。

平山新造《ひらやま しんぞう》
　一郎の父親。六十八歳。一代で会社を築き上げ、今は会長となり隠居生活中。

晋平《しんぺい》
　いつの間にか館に住み着いてしまった庭師。力仕事が得意な、獣ような男。

時任新一《ときとう しんいち》
　新造の若い秘書。だが、館の女に手を出していたことがばれ、クビになった。

片平正之介《かたひら しょうのすけ》
　長年新造に付き添っている、初老の執事。平山家に忠誠を誓っている。

第一章 幸子

第四章 アイ

目次

プロローグ

「ハアッ、ハアッ、ハアッ……。あんん。ね、ねえ。いつまで、するの？」

今にも消え入りそうな声。

小さく、ブツブツとつぶやくような声で、少女は独り言のように喋《しゃべ》る。

薄暗い海岸沿い。激しい雨が降っている。

「待てよ。次は、俺だろ」

「バカ。俺だよ。お前、わかんなくなっちまったのかよ」

「へへへ。アダルトビデオなんかでよくあるだろ。ほら、二本同時にってやつ」

「お前のと、ほら、当たるんだぜ」

「いいじゃないか。そんなのなかなかできないぜ」

「よし、俺、やるよ」

別の男が、一歩、歩み出る。

ニタニタと笑いながら、男が二人で、女の子の身体を持ち上げる。

前と後ろから、ひとつの密壺《みつつぼ》に二本の凌辱棒《りょうじょくぼう》が少しずつ入っていく。

「あっ、んん。痛い。そんなに……待って。……無理……かも……」

「おおっ。入ったぜ」

「あっ。んんんん。痛い。……ねえ、抜いてぇ……、痛いぃぃ……」

「なんだよ。つまんねぇな。気持ちよくないよ」

プロローグ

男たちは、少女の密壺から二本の凌辱棒を抜くとゴミを捨てるように彼女を放り出した。

「……あ……。痛い……」

少女は、腰から落とされて、痛みが走る。

『こんな、痛みの方が、まだいいかも知れない』

と思う。

古びた漁師町。

隙間《すきま》から、雨の滴が風に巻き込まれて入ってくるような、古ぼけた小屋。

それが、海と岸の境目に建っていた。

その中に、一人の少女と六人の男がいた。

男たちは、皆、同様に、下半身をむき出しにしている。中には、上着のシャツだけという姿のものもいた。

「ねえ……。まだ、まだするの？」

少女は、不思議そうな顔で男たちの顔を右から左にゆっくりと見渡す。

少女は、次から次へと強姦《ごうかん》されているのに、不思議と恐怖におののくという顔をしていない。

「お前、泣けよ。泣いたら許してやる」

「どうして？　……何が悲しいの？」

「普通、女は、こんな目に遭うと泣くもんだぜ」

「普通？　……私、普通？」

「ハッハッハッ。やっぱ、こいつ、頭おかしいぜ」

「だって、あなたたちがしたいって言うから……」

少女は、ため息をつく。

もう、数時間にわたって、少女は、この男たちから、繰り返し繰り返し、弄《もてあそ》ばれていた。

汗と愛液と精液で、少女の股間《こかん》は汚れている。

ベタベタと滑っているためか、少女は、股間を閉じようとしない。べた付いて気持ち悪いのだろうか、それとも閉じてもすぐに開かれてしまうからだろうか。

ベロベロにめくれた密壺の周囲には、幾筋かの血が、流れている。

「お前、バージンってことはないんだよな」

男は、少女の密壺から流れる血を見て尋ねる。まさか、初めての経験というわけではないだろう。

「ううん」

少女は、男の問いかけに首を横に振る。

「よし、また、立ってきたぜ」

プロローグ

男が一人、少女の身体の上に乗る。

そして、正常位のまま、何の抵抗も無い密壺の中に、勃起《ぼっき》した凌辱棒を強引に突き刺す。

「ああっ。んん」

さすがに少女は、顔を歪《ゆが》ませる。

快感は……無い。少女の下半身は、もう、一時間ほど前から、痺《しび》れてしまっていて、痛みすらあまり感じない。

「あ。んん。ん。んんん」

少女は、反射的に声を出す。

「へへへっ。こんなに、なん十回も突っ込まれて、気持ちいいのかよ」

「あ。ん。き、気持ち……よ、良くないよ……」

「嘘《うそ》つけ。お前の中は、ベチャベチャだぜ。感じてるに決まってるだろ」

「ち、違う。んん。んんん。そんなに、動いたら、い……、いい、痛い……」

今にも消え入りそうな声。

雨の音しか聞こえない静かな小屋の中。グチャグチャと少女と男がつながっている肉の部分から、湿り気をともなった卑猥《ひわい》な音が聞こえてくる。

少女の声は、そんな、自分の身体から出てくる屈辱的な音よりも小さかった。

「ハアッ、ハアッ、ハアッ。お前、感じてるんだろ」

男は、腰を前後に動かしながら、少女の豊満な乳房をわしづかみにする。

そして、それを円を描くように動かし始めた。

少女は、されるがままに身を委《ゆだ》ねる。身体が前後に激しく動く。突き上げられるたびに、不快感が増していくようだ。


『愛撫《あいぶ》……じゃない』

少女は、横を向いたままそう思った。

『でも、愛撫ってどんなだろう？』

愛撫されたことがない。いつも、彼女は男たちのために、こうして、身体を開かされていた。

ザラザラとした網。海で漁をするための網が、身体の下に敷かれている。それが、横目に見える。指を動かして網を触ってみた。やはり、ゴワゴワしている。

そして、鼻をつく、海の潮の香り。

もう少し、生臭い魚の臭いでも付いているのかと思ったが、実際には、潮の香りしかしない。

「ああ。も、もう、いいでしょ。ねえ、もう、いいでしょ」

やはり、消え入りそうな声。

「だから、泣けば許してやるよ」

男たちは、さっきから、そう繰り返すだけだ。

許して欲しければ泣けという。でも、少女は、泣けない。

涙が出てこないのだ。


『涙は、悲しいときしか出てこないのに……』

少女は横を向いたまま、そんなことを考えていた。

『でも、いつかは、飽きるよね』

このまま、我慢し続けていれば、男たちは、いつか、自分を解放してくれるだろう。そんなふうに思っていた。

「ん。んんん。はあっ！」

男が、精液を少女の密壺の中に吐き出す。

そして、肩で息をしながら、少女の身体から離れた。

「ハアッ、ハアッ。こいつ、こんなになってても、なかなか、締まり具合がいいぜ」

「よし、次は俺だ」

また、別の男が近寄ってくる。

そして、少女の身体を強引に引き寄せて、仰向けのまま腰を持ち上げる。

男は、少女のお尻《しり》の穴に凌辱棒の先端をあてがった。

そして、一気に奥まで貫き通す。

「あ！　あんんんん！」

思わず声を上げる少女。

その少女の苦痛に歪んだ顔を見て、男は、満面に笑みをたたえる。

「ほら、もっと喘《あえ》ぐんだよ。気持ちいいって、言えよ」

「う……うう……」

少女は、呻《うめ》く事しかできない。

男の凌辱棒の堅さと大きさが自分の腹の中に伝わってくる。

それが、グチャグチャと音を立てながら自分の腸の中でのたうち回る。

「ん。んん。気持ちいいぜ。おい。お前の身体、気持ちいいぜ」

男が笑いながら言う。

「気持いい？　気持いいの？」

少女は、不思議そうな顔で、男の目を見上げる。

二人の視線が合った。

少女には、理解し得ない感触があった。

男には、残忍な笑みが浮かんでいる。

少女は、小さくため息をつく。

「はあ……」

男が、太股《ふともも》を引き寄せるたびに、堅い凌辱棒が身体の中に入っていく。それが、また、出ていく。男は、少女の身体を何度も、何度も引き寄せては離す。少女の身体が前後に揺さぶられる。

『ああ……。潮の香りがする……』

少女は、動物のような男の顔から視線を外して、もう一度、身体の下に敷かれている網を見た。

「こいつ、嫌がらねえよ。ハアッ、ハアッ、ハアッ」

少女のお尻の穴の味を楽しみながら男が吐き出すように言う。

「へへっ。だから、いったろ。こいつ、本気で好きもんなんだよ」

『違う……。そんなんじゃない……』

「噂《うわさ》通りだよな。こいつ、有名だからな」

『噂……。そんな噂、知らない……』

「誘えば、その日のうちに、H。もう、好き放題なんてな」

『違う……。だって、みんながしたいっていうから……』


昔から、こんな感じだったみたいな気がする。

何度か、こんな目にあった。

みんなが、私のことを変な目で見る。

友達も……いない……。


「おい。起きろよ」

少女は、ぐったりと横になったまま、しばらく動けなかった。

下半身が動かない。何より、胃から激しい嘔吐感《おうとかん》が繰り返し込み上げてくる。

「ほら、早く起きろよ」

男たちは、両側から少女の両脇をつかんで、無理矢理立たせた。

パンティは、彼女の太股に引っかかっている。

少女は、黙って全身の力を抜いてされるがままになっていた。

少女の両足がズルズルと砂に引きずられていく。

「ほら、歩けよ」

「動かない……の」

「ははっ、無理ないぜ。何しろ、こいつ、六時間以上、よがり狂ってたんだからな」

『違う……。よがってない……よ』

何を言っても仕方がないから、彼女は心の中でつぶやいた。

昔から、自分はそうだった。大抵のことは我慢できるし、いいたいことは伝わらない。

慣れているのよと自分にいい聞かせる。

「ま、仕方ないか」

少女は、男たちの車に放り込まれた。

「ところで、お前、名前、何ていうの？」

「…………………」

少女は、返事をしない。

ここで、名前を名乗っても、何の意味もないような気がしたからだ。

「名前だよ、名前？」

「…………………」

「こいつ、名前、無いんじゃないの？」

「あははは っ。そうだよ、きっと、そうに違いないよ」


『違う……』

名前はあるけど、それは、たいした問題じゃないでしょ。

あなたたちにとって……と思う。

「じゃあさ、お前は、山本洋子《やまもとようこ》だ」

「おっ、それ、いい名前じゃないか」

「バッカ。こいつ、アニメオタクなんだよ」

「山本……洋子……？」

やはり少女が、消え入りそうな声で聞き直す。

「そうだよ。山本洋子がいいよ」

「私……それがいいの……？」

横殴りの雨の中、車は、海岸線からいつの間にか、町中に入っていた。

「どこで降ろせば良いんだよ」

運転している男が、洋子の方をチラッと見る。

「どこって？」

「一応な。好きなところで降ろしてやるよ」

「チャーンと帰してやるんだから、警察なんかにチクるんじゃないぜ」

「あはははっ。それに、できれば、月に一度はお願いしたいよな」

「……どこ……でも……いいよ」

「だから、どこでもって訳にゃいかないだろ」

「そうそう。お前なんか、ほっといたら自殺しそうじゃん」

「自殺？　死ぬの？　……私」

「死ぬんじゃないの？　普通。ここまで、されたらさ」

「フーン。死ぬんだ。普通」

「あの、ほら、裏山の森の中に捨ててっちまえばいいじゃん」

「あの？　森の中にか？」

「かまやしないよ。死にはしないし」

「……うーん。そうだな。まっ、いいか」

車は、次の交差点で右折した。

そして、また、次の交差点で右折。

後方に戻る感じで、丘の上を目指した。

プロローグ

「ほら、行けよ」

「うん……」

洋子は、車から放り出された。

雨が激しく降り続いている。

「好きなとこに行きな」

じっとそこに立っている洋子。

車がUターンして今来た道を戻る。

車のテールランプが赤く光る。

赤いランプが輝くぐらい、周囲は暗くなっていた。


「どこに行けばいいの……？」

どしゃ降りの雨は、肌に冷たく、身体が芯《しん》まで冷える。

寒さにカタカタと奥歯が鳴る。

しかし、男たちから、ようやく解放された安堵《あんど》のため息が、腹の底から出てくる。

洋子と名付けられた少女は、車が走り去った方向とは逆に歩き出した。

第一章　僕の部屋の僕だけの秘密

一郎《いちろう》は、ベッドに横たわっていた。

ベッドの横には、車椅子が一台。

使い込まれているらしく、所々、錆《さび》が浮いている。

「雨……か」

彼は、窓の外を見た。

今から百年以上前に建てられた西洋館。

そこの、三階に位置する部屋に彼は住んでいた。

広々とした屋根裏部屋という感じだ。

そこの窓から見えるものは、漆黒の闇と、激しい雨。

一郎は、ため息をつく。

そして、片手を伸ばして、テレビのリモコンを取ると、スイッチを入れた。


『ザーッ、ザザーーーーッ』

数秒のノイズ。

『あっ。ああん』

『アイ。何を嫌がっているんですか？　ホーラ、もっと腰を振りなさい。それ、もっとよがりなさい』

『は、はいぃ。うう。ああん。ああん。アッ、アッ、アッンンン……』

逆さまにされて、くの字に折れ曲がったアイの身体。

両足は、天井に向けて左右に大きく開かれている。

執事の片平《かたひら》は、そんな苦しそうなアイの表情をまったく意に介さず、そそり立つ凌辱棒《りょうじょくぼう》をアイのお尻《しり》の穴に入れていた。

『いいですよ。アイ。お前の身体は、本当に、男に抱かれるために生まれたようですね』

『アッ。ンンン。あ、ありがとうございます。ン、ンンンン』

『ほーら。行きますよ。ん、んんん。グッ!』

片平は、背中を少し伸ばす。

アイの腸の中に片平の白濁の液が吐き出されたのだろう。

『フゥーーーッ』

片平の身体から力が抜ける。

『あ。んんんん』

片平は、アイの身体をベッドに投げる。カチャカチャとズボンのベルトを直す。

『いいですか、アイ。明日は、今日のような失態を旦那様にお見せするんじゃありませんよ』

『は、はい……。グスッ。グスン』

アイは、泣いていた。

気持ち良さのあまり、流れた涙なのか、それとも、屈辱から流す涙なのか？

良くはわからない。

いずれにせよ、アイは、まったく抵抗しなかった。片平の欲望にされるがままに……従っていた。文字通り、隷属していた。


「アイは、お尻の穴が好きなのかな？」

一郎は、ベッドの上に横たわったまま、また、リモコンのスイッチを押す。


『キュル、キュル。クァケァ……、キュル、キュル……』

『ああ。時任《ときとう》さん、ああん。いい。いいの、そのまま、入れて。中に、中に出して！』

看護婦姿の……いや、看護婦の節子《せつこ》が、四つん這《ば》いになって、背後から、時任を受け入れていた。

メガネの奥の瞳は、やはり、濡《ぬ》れていた。

恍惚《こうこつ》とした表情で、節子は、時任の身体の動きに合わせて、腰を振り続ける。

『うっ。ああ。いいよ、いいよ。節子。クゥッ。締まりがいいよ。今日は、お前、妙に燃えてるじゃないか』

『だって、悔しかったんだもん。あの、ババアがさ、偉そうに説教するのよ』

『いいじゃないか。お前の方が、若くて綺麗《きれい》なんだから……』

『ああ。そ、そうよ。そこよ。そう。そこに、当たるようにして。ね、ねえ。お願い。ねえ。奥に、一番奥に当たるように入れて！』

時任の凌辱棒が、節子の密壺《みつつぼ》の中の一番感じるところに当たったのだろう。

節子の身体がのけ反る。


「時任か……。今頃どうしてるかな、ウフフフフッ……」

一郎は、思わずこみ上げてくる笑いに口元をゆるませた。

「あいつがクビになったときは、面白かったな」

一郎は、また、テープを早送りする。


『あっ、あああああん。時任。時任。いいわ。いいわ。もっと、激しく動くのよ。ああ。ああん』

『お、お前、ハアッ、ハアッ、ハアッ。タフだなぁ』

『ど、どうして？　女なんて、ああん。こ、こんなものよぉ。感じる、感じるぅ』

獣のように身をよじらせて、時任の腰の動きに合わせて尻を振る仁科《にしな》の姿がテレビに映し出される。

シャワーからの湯気で、周囲に熱気がこもっているのがわかる。

「汚いよなぁ。みんなが使う風呂場なのに……」

一郎は、吐き捨てるようにつぶやく。

この館に住まうすべての人間を、一郎は嫌っていた。

その中でも、特に、この女医の仁科が嫌いだった。

『私は、あなたのママになるのよ』

と言うのが、仁科の口癖だった。

仁科が自分の父親である平山新造《ひらやましんぞう》の愛人であることは、よくわかっていた。

それは、新造自身の口からも、何度か、一郎に告げられていた。

よく言えばオープン。悪く言えば、性に対する常識がない父親。

その父親が、自分の主治医という形で、仁科と同居している。

それに、一郎の母親が、彼を産んですぐ、何かの理由で居なくなってしまってから、新造は、独身だった。

独身男性が、どのような性生活を送ろうが、それは、自由と言えば自由だ。

だがしかし、一郎は、仁科が嫌いで仕方がない。

そんな仁科の唾液《だえき》や愛液が、自分も使う風呂場の床に滴っているのかと思うと、一郎は、思わず暗くなってしまう。

嘔吐感《おうとかん》に襲われてしまうのだ。


『いいのよ。いいのよぉ。中に、中に吐き出していいのよぉ！』

仁科が、絶叫する。

『い、いくぞ。いくぞぉ』

時任もそれに応える。

二匹の獣が、吼《ほ》えながらまぐわっている。

一郎の目には、そんなふうに見えていた。

『ハアッ、ハアッ、ハアッ。き、今日は……、よ、よかった』

『で、でも、ハアッ、ハアッ、ハアッ……。中に出して……ハアッ……よかったのかよ？』

『い、いいのよ。あんたと、あの爺さん。血液型、同じでしょ。さっき、爺さんの……ハアッ、ハアッ、ハアッ……一本、抜いたから……』

『男を手玉にとって……ハアッ、ハアッ、ハアッ……お前、恐ろしい女だな……』


これで、時任は、クビになった。

父親に、このビデオを証拠として見せたわけではない。

仁科とHしてるよと、話しただけだ。

新造は、面白いぐらいに怒り出して、時任を呼びつけた。

時任は、結局、新造に詰め寄られて本当の事を白状してしまったらしい。


……………それで、クビだ。

もう、翌日から、時任の姿を館の中に見ることはなかった。


「でも、面白くないよなぁ」

と一郎は思っている。なぜなら、相手になっている仁科には、一切おとがめがないのだから。

「あの女も、追い出してくれればいいのに……パパは、女には甘いんだから……」

一郎は、テープを止めようとした……。

『ひとーつ。ふたーつ……。ウフフフフッ……。愛ちゃん、痛いぃ？』

アイの姿がテレビ画面に浮かんできた。

アイは横たわっている。

大きな二つの瞳からは、涙が、股間《こかん》からは、愛液、そして、お尻の穴からは、精液が流れている。

このシーンは、一郎のお気に入りだ。特に、アイが、裁縫用のまち針をフェルト地の人形に刺しているこのシーンが気に入っている。何度も、繰り返し見ている。

『グスッ、クスン……。ねーえ、愛ちゃん。痛いぃ？　アイはね、痛いんだよぉ。お尻の穴にね、太いの入れられるんだから……。そしてね、奥の方に吐き出されるのよぉ。なーに、愛ちゃん。わからない？　男の人のアレよ。ザーメンよぉ。それがね、おなかの中にいつまでも残ってるような感じがするのよ。ヌルヌルして……グスッ。ウェエエ、ヒックク、ヒック……気持ち悪いのよぉ』

精神的に破綻《はたん》している……。

一郎は、そう思った。それにしても、よく我慢できるものだ。

一郎が、この館の不思議な造りに気づいてから、もう、半年は経《た》っているのだが、その間、アイは、毎晩のように、入れ替わり、立ち替わり、この館の男たちから玩具《おもちゃ》にされていた。

もちろん、彼の父親の新造も、含めてだ。

唯一、アイの身体に触れていないのは、庭師の晋平《しんぺい》ぐらいのものだろう。

アイは館の主である新造に対しては、必要以上にサービスするのだが、時任や片平に対しても、寝ていようが食事をしていようが、何をしていようとも、呼ばれれば、どこででも、いつでも、男の性を処理させられている。


この館の不思議な造り……。そう、彼は、偶然、それに気づいた。

百年以上前に造られた西洋館なのだが、数年前から……一郎が交通事故に遭い、車椅子を使い出してから、昔の煙突の部分に家庭用のエレベータを造った。

一郎は、それを愛用して館の中を移動するのだが、実は、そのエレベータの天井に出たところに、昔の煙突の壁面に赤錆びた鉄の扉があることを見つけた。

三階の一郎のフロアにその扉があった。

「面白そうだ……」

と一郎は、中に入ってみた。

すると、意外と中が深く、なんと、通路が網の目のように張り巡らされていることがわかった。館の端から端に自由に行き来できる。それは、おおむね館の壁の中を通っている。

彼は、その通路を使って、女たちの部屋を覗《のぞ》いては、一人、悦に入っていた。

先日、新造にビデオカメラとデッキのセットをねだって買ってもらった。

それで、ここ数日は、見たものをそのまま、ビデオに記録しているのだ。

そんな、覗き行為が、今、一郎の中では一番楽しい。

「クックックッ……。こいつらみんな、バカだよなぁ。覗かれてるって知らないで、股間を開いて、男の凌辱棒をくわえ込むんだよなぁ」

『ドンドン。ドンドン……』

ドアを誰かがノックする。

「どうぞ。開いてるよ」

一郎は、ビデオを消して、返事をした。

「お坊ちゃま、坊ちゃま」

ドア越しにアイの声がする。

それは、いつもの、ゆっくりとしたアイではなく、せっぱ詰まった感じがする。

「どうしたんだ？」

「はい。お、お客様が……その、お見えで……」

「僕に何か関係あるの？」

「旦那様が、お呼びするようにとの事なんです」

「フーン。パパがわざわざ、僕に来るように……なんて、何だろう？」

どんな客なのかわからないが、まあ、行くしかないだろう。

「わかったよ。今から行くから、アイは先に行っててくれ」

「はい。坊ちゃま」

アイは、慌ただしく部屋の前から玄関に向かって小走りに駆けだした。

「面倒《めんどう》だなぁ」

一郎は、身体を起こして床に立つと、車椅子を引き寄せて座り込んだ。

ギシギシと車椅子が軋《きし》む。

……そう……。一郎は、この館の住人の前では、父親の前ですら、歩けない振りをし続けているのだった。

交通事故にあったのは本当だ。足に怪我をしたのも本当だ。

骨がつながり、肉の裂け目が消え、筋肉の隆起も戻ってきたのに、なぜか、一郎は歩けなかった。医者は、首を傾げるばかりだ。

「おかしいですねえ。医学的にはすでに完治しているのですが」

しかし、一郎は歩けないと言い張った。

それ以来、車椅子の生活を続けている。

一郎にしてみれば、理解のない周囲に対する小さな抵抗……とでも言うのだろうか？

いや、それほど格好の良いものではないかも知れない。

単純に、普通の生活をするのが嫌だから、歩けない振りをして、いろんな意味で逃げているのかも知れない。そう考えるのが、適正と言えば適正だろう。

でも、一郎にとっては、それはどうでもいいことだった。

自分が歩けようが歩けまいが、父親の新造からは、つまらん奴だと罵《ののし》られるだけで、生活として何ら変わったことはない。

逆に、自由に歩けた頃よりも、歩けない振りをしている今の方が、実は、精神的に自由なんじゃないかと思ったりする。

歩けなくなって、この館に引っ越してきた。

昔から外出するのは苦手だったから、家に引きこもっている今の方が、彼にとっては平穏な、素敵な毎日といえなくはない。

第二章　土砂降りの中の淫らなお客様

「どうしたの？　何があったの？　パパ」

ギシギシと車椅子を軋《きし》ませて、一郎は、リビングに来た。

新造、アイ、仁科、節子が一人の女の子を取り囲んでなにやら、話をしている。

女の子は、今の今まで、どしゃ降りの雨の中にいたのだろう、全身がビショビショに濡《ぬ》れている。

それにしても、大きくはだけた胸元。ブラも、外れている。パンティは、ずり落ちていて、膝《ひざ》の辺りで辛うじて止まっている。

「パパ、この娘、誰？」

「ん？　この娘か？」

新造が、少女の顔を見つめる。

すると、少女は一瞬、ためらいながら……しかし、ゆっくりと口を開いた。

「ん……と。洋子……、や……、山本……洋子」

今にも消え入りそうな声。

「フフフッ。面白い名前……」

節子が、クスクスと笑う。

「何よ。どういうことなの？」

仁科が、節子を睨《にら》みつける。

彼女には、節子の笑う理由がわからない。

「あ……、その……。何でもないです」

節子が、蛇に睨まれた蛙《かえる》のように気まずい顔で、うつむく。

「だって、アニメの主人公の名前と同じなんですもの」とは、節子は、いえなかった。

何しろ、自分の上司である仁科先生は、アニメとか、コミックといった類《たぐい》のものは、子供の見る物という先入観があって、常日頃から、バカにしていたのだ。

そんな、上司にアニメのキャラクターがどうのという話は、するだけ無駄だし、嫌味をいわれそうで恐い。

節子は、うつむいて黙ってしまった。

「まあ、いいわ。……洋子ちゃん？　あなた、酷《ひど》い目にあったみたいね」

「酷い目……？　……ですか？」

「そうよ。その格好、どこからどう見ても、ただ、道に迷ったという訳じゃなさそうね」

仁科が腕組みをして、洋子を見つめる。

「酷い目って……どんな事なんですか？　……ああ、そうなんだ。酷い目にあったら、女の子は、死ぬんですね」

「えっ？　なんてことというの？　死ぬなんて、軽々しくいっちゃ駄目よ」

「ええ……。私、死ぬんですね……。そう。だから、死のうと思ったの……」

「うーん。まあいいわ。とにかく、治療しますから、私の部屋に来なさい」

「幸子《さちこ》。別に、お前の部屋でなくてもいいだろう。ここで治療してもいいんじゃないのか」

ここには、大きなソファも有るし、治療するには、問題ないだろう……と新造は、付け加えた。

「ねえ、あなた。わかるでしょ。この娘……ね」

仁科が新造にウインクしてみせる。

「あ、ああ……。そうだな……」

「さあ、節子。洋子ちゃんを連れておいで」

「はい。先生」

仁科と節子とアイは、洋子を連れて二階へと歩く。


「パパ。今の娘……。やっぱり、アレなのかな」

「ん？　そうだろうなぁ。幸子がいつになく真剣だったからな。まあ、街で車に連れ込まれて、この田舎町のどこかで、輪姦《りんかん》されて……。この館の近くに捨てられたんだろうな」

新造が、こともなげにつぶやく。

なんと言うこともない。平然としている。

「ねえ、パパ……。輪姦って、どうなんだろう」

「それは、お前、いい事じゃないと思うよ」

「……う……うん」

違うんだよなぁ、と一郎は、舌打ちした。

輪姦って、気持いいのかなと彼は聞きたかった。

あんな、可愛い女の子を、何人かで犯すって、どんな気持なんだろう。

まあ、僕には、一緒に輪姦できるような友人なんか居ないから、そんなことは、一生感じることとなんかできないんだろうけど……と、一郎は、心の中でつぶやいた。

「フウッ……。後は、幸子に任せておけばいい。儂《わし》は、もう、寝るぞ」

「うん。僕も、部屋に戻るよ」

一郎は、車椅子の車輪を回して、エレベータに向かった。


よし、ちょっと覗《のぞ》いてみよう。

一郎は、いそいそと、自分の部屋に戻ると、カメラを片手に再び外に出る。

部屋の鍵は外側からかけておく。

そして、エレベータを三階で停止させる。

三人程度で有れば、並んでいられる程度のエレベータ。それを、内側の電気も消して、メイン電源を落とし完全に停止させる。扉を開けることすらできない。

こうしておけば、誰にも、動かすことなんかできない。

十二時を回ったら、エレベータは完全に停止させること……というのが、この館の決まりだ。そして、その役目は、エレベータを主に使う一郎の毎晩の仕事になっている。

「よし。これでいいぞ」

一郎は、車椅子のブレーキレバーを入れる。固定させると、ヒョイッと車椅子を踏み台にして、エレベータの天板を外す。

すると、その真上に、さび付いた鉄の扉が黒ずんだ光を鈍くはなっていた。

「やっぱり、仁科の部屋だよな」

一郎は、両腕を突っ張って、一気に身体をエレベータの上に持ち上げる。

そして、鉄の扉の握りをつかんだ。

ギリギリと渋い音を発しながら、鉄の扉は開いた。

一郎は、軽々と身を翻して、その扉の中に入る。

中には、人一人がゆっくりと歩ける程度の広さと高さを持った通路が広がっていた。

階から階への上下には、螺旋《らせん》階段が用意されている。

一郎は、仁科の部屋に向かった。

「はい。洋子ちゃん。私のベッドに横になって。そうそう、仰向けよ」

「……は……い」

「あの……先生……。私はどういたしましょうか」

アイは、びしょぬれになった洋子をバスタオルでふきあげると、仁科に顔を向ける。

「ああ。あなたは、自室に戻りなさい。治療は私たちがやります」

「ハイ。承知しました」

アイは、ゆっくりと部屋から出ていった。

仁科は、医療用の薄手のゴム手袋を両手に付けながら、ブツブツとつぶやく。

今はいいけど、新造と結婚して、文字通り、この館の女主人になったら、アイをどこかに追い出さなくてはと。

アイは、自分よりも若く、性的魅力がある。

新造がアイを抱くのは、愛情などよりも、性的な処理の問題だと言うことも、理屈ではわかる。しかし、やはり、ひとつ屋根の下に若い愛人を囲ったままにしておくのは、いかがなものかと思うのだ。

「節子。お湯。そうね、三十八度ぐらいのお湯を用意して。それに、温タオル」

「はい。先生」

節子は、看護婦らしいキビキビとした対応で、治療の準備をする。

「洋子ちゃん。痛かったら、痛いっていいなさいよ」

「……はい……」

「一応、指で膣《ちつ》の中を触るからね。両足を開いて、身体の力を抜きなさい」

洋子は、いわれるがままに太股《ふともも》を開いた。

陰毛からお尻《しり》の穴に至るまで、男の精液がべったりとへばりついている。

「酷いわね。出血してるみたい……。膣壁に亀裂《きれつ》が入ってなければいいんだけど」

仁科は、心配そうに、指を洋子の密壷《みつぼ》の中にゆっくりと入れてみる。

人差し指が根本まで入った。そして、それを壁面にそって、ゆっくりと回す。

指でわかるほどの大きな亀裂はなさそうだ。

出血は、恐らく、ヒダの部分からのものだろう。

「洋子ちゃん。教えて欲しいのよ。どれぐらいの回数、されたの？」

「……わかり……ません」

「いいのよ。あんまり思い出したくないでしょ。だいたいのところでいいわ」

「……はい……。ん……と。でも、十回ぐらいまでは数えてた……。でも……途中で……わからなくなって……」

「男は何人いたの？」

「五～六人だったような……気が……」

「……酷いわね」

「……せ、先生。……そこ……」

洋子の顔が苦痛に歪《ゆが》む。

ちょうど、密壺の入り口で切れているところが、仁科の指に当たったようだ。

「あ、ごめんなさい」

「ん……あああ……」

痛みのあまり洋子の身体が、波のように動く。

と、その瞬間。

「？　な、なに？　これ？」

仁科は我が目を疑った。

なんと、洋子が体を動かした反動で、彼女の密壺から、お尻から、白濁の液体が止めどもなく流れ出てきたのだ。

「く、臭い……」

仁科は、眉《まゆ》をひそめる。

何人分の精液なのだろうか。ところどころ、白く固まり、ところどころ、薄く透明になっている。いずれにせよ複数の男の液が、ドロドロとベッドの上に流れ落ちていく。

「う！　ううう！」

仁科は、酸欠状態のように自分の意識が遠くなる。

それをグッとこらえる。

「うう……。節子！　節子！」

「はい、先生」

「わ、私は、ソファに横になるから、あなた、洋子の膣とお尻をお湯で洗浄しなさい。それから、軟膏《なんこう》を使って……うう……」

「先生？　大丈夫ですか？」

仁科は、フラッと立ち上がる。頭を軽く左右に振る。

そして、ソファに倒れ込むように座った。医療用の薄手のビニール手袋も取り外すと床に投げ捨てる。

「し、止血用の……うう……た、タンポンを……、必ず……うう」

仁科は、頭を抱えてうずくまってしまった。

「先生。大丈夫ですか？」

「いいから、私にはかまわないで！　いいから、早く治療して、ここから出ていって！」

「は……はい。先生」

節子は、不思議そうな顔で、苦しげな仁科の顔をチラチラとのぞき見ながら、洋子の治療を手早く終わらせた。

モタモタしていたら、どんな、お叱《しか》りを受けるかわかったものではない。

「先生。できました」

「は、はやく、出ていって。よ、洋子は、客間で、休ませ……なさい」

「はい、先生」

節子は、洋子を客間に案内する為に、部屋を出ていった。

ドアの閉まる音が聞こえるやいなや、仁科は、また、ソファからフラフラと立ち上がり、ベッドに大の字に横たわる。

彼女の顔には、シーツに広がる白濁の液体がベットリとへばりついてしまった。


「うっわぁ。きったないなぁ……」

思わず、壁の穴から一部始終を覗いていた一郎は、声を漏らす。

何回分の、何人分の精液なのだろう？

何よりも汚いのがドロドロと汚れたシーツに顔からつんのめっている仁科の姿だ。

どうするのだろうと一郎は、身を乗り出してビデオカメラ越しに仁科の姿に見入った。

「はあ、はあ、はあ……。ああ……臭い……。こんなに臭い……」

仁科は、顔に付いた精液を拭《ぬぐ》おうともしない。それどころか、そのまま、舌で唇の周りに付いた精液をペロペロと舐《な》め回し始めた。

「はあ、んん。こんなに、こんなに、凄《すご》いなんて……。入れて欲しい……。私の身体に入

れて欲しかったのにぃ」

呻《うめ》くようにそうつぶやくと、仁科は、指先で精液を弄《もてあそ》び始めた。

人差し指と親指の間で、ネチャネチャと糸を引く精液。それの感触をしばらく楽しんだかと思うと、口に入れて、指ごとクチャクチャとしゃぶる。

そして、片方の手で、自分の股間を愛撫《あいぶ》し始めた。

カメラの液晶画面から見える仁科の股間は、すでにパンティが透き通るほど、愛液に満たされていた。指先が、密壺の入り口付近を、円を描くようになで回す。

時折、クリトリスをコロコロと指で転がす。

「はあ。んん。んん。クチャッ……。クチュッ……。ああん。美味しい。こんなに、美味しいの初めて……。ああ……。まだ、若いんでしょうね。こんなに、濃いのよ……」

仁科は、しきりに指で遊んだ後、今度は、直接、口をシーツに付けて、犬とか、猫がミルクを飲むような感じで精液を飲みだした。

「ああ! あぁん。あん。ああ。ああ。はあ、はあん。いい、感じるぅ感じちゃう……」

延々と、飽きるまで、仁科は、シーツを舐めながら自慰を続ける。

「汚い……」

一郎は、つぶやいた。しかし、一郎は、なぜか、勃起《ぼっき》してしまっている自分の凌辱棒《りょうじょくぼう》に驚いてしまった。

「僕……感じてるんだ……」

チャックを降ろして自分の凌辱棒を取り出してみると、それは、すでに透明の液が勃起した先端からにじみ出ていた。

獣の行為に感じている。僕は、獣の自慰を見て興奮していると、思いつつ、……入れたい……という衝動に駆られる。

あの、ベラベラと赤黒く汚れた花弁の中に、密壺の中に、自分の凌辱棒を突っ込んでかき回したいと心から思う。

「クソッ。僕は、メス犬に感じてるんだ」

屈辱的だった。汚らしい汚物を目の前にして、性的な興奮を激しく感じている自分が妙に腹立たしくなった。

しかし、衝動は、抑えきれない。

一郎は、むき出しになった自分の凌辱棒に手を添えて、上下し始めた。


「節子。お客さんの様子はどうだ？」

廊下で新造が節子に声をかける。

節子は、ちょうど洋子を客間に案内して、そこを出てきたところだった。

「旦那様……。はい。洋子さんは、今、ベッドに横になったところです」

「そうか……。その……傷の具合はどうなんだ？」

「はい。それほど、傷はありません。その……なんでしょう……、女の入り口の所に、亀裂があって、そこから出血していたようです」

「そうか……大事に至らなくて良かったな」

「はい……」

節子は、ちょっとためらったが、思い切ってこう尋ねた。

「旦那様。先生の事ですが、その……、ちょっとおかしくなられているようで……」

「幸子が？」

「はい。治療の途中で、顔色が変わって、ソファに横になられたものですから……」

「ふう……。またか……」

新造は、顔を曇らせる。

「あの、例のお薬ですよね」

「お前、知っているのか？」

「はい。先生のお側《そば》にいるものですから、時折、こう、おかしくなられるときがあって……。先生から、少し、聞いたこともあるものですから……」

「媚薬《びやく》の後遺症だ」

新造は、吐き捨てるようにいう。

「あいつはな、不感症を治療するために、結構な媚薬を飲んでいた。その後遺症が、たまに出るんだよ」

「はい。その……大丈夫なんでしょうか？」

「お前は、余計な心配をしなくていい。儂が今から見に行く」

「はい」

節子は、パタパタと看護婦用のスリッパの音を残し、自分の部屋に戻っていった。

「ふう……。まったく、困ったものだ」

新造は、ため息をつく。


「はあ、あんん。来た、来た、あああ！　また、来たぁん。感じちゃう。感じちゃうぅ」

仁科は、延々と自慰を続ける。

一郎は、ビデオカメラを回しながら、やはり、仁科の動きに合わせて指先で凌辱棒を愛撫し続けていた。

「おい。幸子」

急に扉が開いた。

一郎は、思わず凌辱棒をズボンの中にしまう。

……と、自分の場所は、誰にも見えないはずだから、慌てることはなかったな……と思いながら、苦笑いした。

「幸子。お前、大丈夫か？」

「ハアッ、ハアッ、ハアッ。あなた、だあれ？」

「チッ。儂の顔もわからんようになったのか。まったく、お前のその病気は、いったい、いつになったら治ることやら」

「あああん。もう、私は、病気じゃないわ。ううん。そんなことはどうでもいいのよ。ねえ、頂戴。あなたの凌辱棒。ねえ、いいでしょ。私に、入れて！　ねえ」

ベッドから、跳ね起きるように立ち上がる仁科は、驚くほどの速さで新造のズボンを降ろした。そして、元気のない新造自身を指でつまむとクンクンと犬のように臭いをかぐ。

「ああ……臭い……。ねえ、あんたのこれ、なんだかウンチの臭いがするわぁ」

「おいおい。いい加減にしなさい。たった今、アイのお尻の穴でしてきたんだ。臭くてあたりまえだ。こら、止めなさい。舐めるのを止めなさい」

「いやよ。私、臭いの好きなのよ。ねえ、お願い。元気になってぇ。お願いよぉ」

グチャグチャと口の中で転がすように仁科は、新造の凌辱棒を舐め回し続ける。

しかし、今ひとつ、反り返らない。

「いやあん。どうしてぇ。どうして、元気にならないのぉ？　もう、この不能！　インポ！　いい加減にしてよ」

そういいながら、仁科は、フェラチオを止めない。

「まったく、酷い女だ。まるで、メス犬だな」

「いやあ！　どうしてぇ。どうして、勃起しないのぉ？　ほら、もう少し、もう少しで、堅くなるでしょ。堅くなってぇ！」

涙を流しながら、仁科は、新造の凌辱棒を舐め続ける。

「このバカ。儂もいい年だ。つい今し方抜いたばかりで、すぐにできるわけがないだろう。どうしようもないな……。ほら、立ちなさい」

新造は、仁科の肩を抱き上げて立ち上がらせると引きずるように部屋を出ていく。

「ねえ、どこに行くの？　私は、どこでもいいのよ。ねえ、どこでもいいから、早く頂戴。入れて、突っ込んで！　私の中をかき回して！」

「わかった、わかったから、立ちなさい。ほら、行くぞ」

「はあ、はあ、はあ……。お願い、私を、私を虐めて。壊れるぐらい入れてよぉ、お願いしますぅ」

一郎は、壁を挟んだ秘密の通路で、その一部始終を録画した。

それにしても、病気……なのか。

いったい、どういう病気なのか？　理解に苦しむ。

「うーん。次はどこに行こうか？」

一郎は、考え込む。

「そうだな。次は、ルミを覗きに行くか」

いけ好かない、警備員のルミ。

空手とか、格闘術の心得がある……つまり、体育会系の彼女は、何一つ運動のできない車椅子に乗った一郎のことを常日頃から見下していた。

ここのところ、毎晩のようにルミの部屋を覗きに行くが、今ひとつ、ルミの秘密を見ることはできなかった。

「よし、ルミの部屋に行こう」

一郎は、薄暗い通路を歩き出した。

「ねえ、ルミさん。あんた、狙《ねら》ってるんでしょ」

……？

ルミの部屋から、節子の声がする。

一郎は、慌ててビデオカメラのスイッチを入れると、覗き穴にビデオカメラを付ける。

「ふん。馬鹿なことといわないでよ」

見ると、節子がルミとなにやら、話をしている。

「正直に、認めちゃえば。あんた、レズビアンだって」

「だから、どうして、そんな話になるのよ」

「寂しいんじゃないの？　身体、疼《うず》かない？　それとも、体育会系の女は、禁欲が趣味なのかしら？」

「ほっといてよ。年がら年中、盛りの付いた動物みたいに、セックス、セックスで、淫乱《いんらん》なあんたと一緒にしないで欲しいね」

「まあ、毅然《きぜん》とした態度！　麗しいわね。格好いいわ」

「いい加減にしないと、腕ずくで叩《たた》き出すわよ」

「恐い、恐い。だから、いいこと教えに来てあげたのよ。さっき、ほら、館に来た女の子、知ってるでしょ。あの、山本洋子とかいう子よ」

「それは、知ってるよ。はい、お休み」

ルミは、節子を突き放す。

「もう、だから、話は最後まで聞くのよ」

「手短にね」

ルミは、立ち上がると、仁王立ちになり、今にも節子を叩き出そうと身構えた。

「乱暴は無しよ。いいこと、洋子もね、輪姦されたよ」

「……クッ」

ルミの顔が歪む。

洋子も？　も……というのは、どういうことなんだろう？

一郎は、考え込む。

「だから、あんたと同じ境遇の、あんな可愛い子が迷い込んできたら、あんた、じっとしてられないでしょ」

「だから何よ」

「私、知ってるのよ。あんた、昔の恋人、目の前で輪姦されたんですってね」

「やめろ」

ルミの目が険しくなる。今にも、節子に襲いかかりそうだ。

「それで、彼女は、自殺しちゃったんですって？」

「おい、いい加減にしろよ」

「洋子ちゃんの面倒《めんどう》は、ちゃんと見てあげた方がいいわよ。ほっとくと、彼女、自殺しちゃうかもよ」

「ご忠告、ありがとう。さあ、用が済んだら、サッサと出ていくのね」

「はいはい。まったく、ご機嫌斜めなんだから、せっかく、いいこと教えに来てあげたのに」

「出て行け……」

ドスの利いた声。ルミは、節子を睨みつける。

「わかったわよ。きゃははははっ。そんなに怒らないでよね」

節子は、けたたましく笑いながら、部屋を出ていった。

「フーン。ルミって、レズビアンだったんだ……」

一郎は、妙に納得した。

確かに、ルミは、独特の雰囲気を持っていた。

男を近づけ無いというか、男を嫌っているのだ。

ルミにしてみれば、自分の恋人を輪姦されれば、確かに、男はますます嫌いになるだろう。

「ルミの秘密か……」

さて、次はどこに行こうか？

一郎は、アイの部屋に行こうと思った。

さっき、新造の話の中で、アイとやったのどうのという話があった。

また、一人で人形に針を刺しているかも知れない。

一度はカメラに納めたが、あの雰囲気が一郎はたまらなく好きなのだ。


「……もう、いわないで下さい……」

「……でもね。気になるじゃない……」

あれ？　人の話し声がする。

アイの部屋に客が来ているようだ。

時任は、すでに館を追い出されているから、ひょっとすると、片平が夜這《よば》いに来ているのかも知れない。

一郎は、カメラを回した。

「もう、いいです。何とでもいって下さい」

真剣な眼差しで、アイが誰かを睨んでいる。

角度的に、死角になっていて、誰と話をしているのか良くわからない。

「キャハハハッ。そんなに、頑《かたく》なにならなくてもいいじゃない。あんたって意外と真面目《まじめ》なのね」

ああ……。節子だ。

こいつ、さっきは、ルミの部屋でルミに喧嘩《けんか》を売って、今度はアイか……。

面白いやつだなと一郎は思った。

「だぁかぁらぁ。ねえ、本当のこと、教えてよ。あんた、あの一郎のことが好きなの？」

「はい……。私、お坊ちゃまのこと、愛してます」

「嘘《うそ》。うっそだぁ」

「どうして、そんなこといえるんですか？」

「わかるのよ。女の直感ってやつよ」

「それの方が嘘」

　アイはプイッと横を向く。

「女同士の会話じゃない。本当のことをいってもいいのよ。私は、一郎にばらすようなことしないから安心していいわよ。それに、あの男、私のいうことなんか信じないでしょうしね」

「だから、本当に好きです」

「フッ。アハハハハッ。バッカみたい。そこまで、しらを切るならいいわ。じゃあさ、私から本当のこといったげる」

「な……なんですか？」

「あんたみたいな、公衆便所、いったい誰が、まともに愛してくれると思うの？」

「な、なんて言い方？　公衆便所って……」

　アイの唇がフルフルと震える。

「知ってるのよ。この館の男たちの性欲の処理。あんたが一人で頑張ってるんでしょ」

「知らない！」

アイは、節子を睨みつける。

「このあたり、なにもないじゃない。繁華街までは、車で約2時間。女を買いに行くったって大変だもの。だから、あんたで処理するようにって、旦那様が決めたんだってね」

「知らない。知らない、知らない！」

「ちゃんと聞いてるのよ。時任さんから」

「嘘……」

「あんた、涙流して感じちゃうらしいじゃない。それも、後ろの穴でね。フェラは下手だけど、パイズリは上手だっていってたわよ」

「……そ……そんなの……ない」

アイの瞳から、大粒の涙がボロボロとこぼれ始める。

「私だって、別に、女としてあんたに負けてる気はないけどさ、さすがに、あんたみたいなデカ乳は持ってないわ。時任さんとHする時、時々、いわれるのよ。アイみたいにパイズリができればなぁって」

「ひ、酷い……」

「ほんとはね、時任さん。あんたみたいな汚れた女は、できれば触りたくもないんですってよ。でもね、会長の指示に従わないと出世に響くでしょ。出世のためにあんたに、突っ込んでるのよ。あんた、知ってた？」

「ひ、酷い……。そんなの……酷すぎる……」

アイは、両手を握りしめて震えながら、涙を流す。

「キャハハハハッ。コエ溜、タン壺、ゴミ溜、処理女。アハハハハッ……」

「う……うるさい……」

アイが歯を食いしばって、声を振り絞る。

「お前なんか、一番最初に追い出してやる」

「ん？　それって、どういうこと？」

「一郎の奥さんになってぇ、この館の奥さんになってぇ、お前なんか、追い出してやる！」

「ほーら、出た。それよ、その顔。いい顔してるわよ」

「お前なんかぁ、ゴミみたいに捨ててやる。仁科は、蹴飛ばしてやる。時任も、片平も、みんな、みんな、みんなぁ。私が叩き出すのよ！」

アイの声は、すでに罵声《ばせい》になっていた。

心の中にある鬱積《うっせき》した何かを全身を震わせながら吐き出している。

「いいわよ。素敵。その通りよ。だから、あんた、一郎に近づいてるんでしょ。あんたみたいな、性悪女が考えそうなことよ。お似合いよ。あんたみたいなクズ女には、ぴったりの考え方よ」

「うるさい！」

「それで、一郎のことが本気で好きなの？　ここまで白状しちゃったら本当のこと、教えてよ」

アイは、両腕を下に向けて、力一杯、突き出しながら、腹の底から声を振り絞って叫ぶ。

「大嫌いよ！」

「アハハハハッ。いった、いった。それが本心でしょ」

「あんな男、大嫌い！　近寄っただけで吐き気がする！」

「キャハハハハッ」

「……も、もう、これで……グスンッ。グスンッ。ウッ、ウッ、ウッ……」

「泣いてる泣いてる。あんたの泣き顔、可愛いわよ」

「これでいいんでしょ。出てって！　早く、この部屋から出て行け！」

「あーあ。面白かったわ。ありがと、便所女さん」

そういうと、節子は鼻歌交じりで部屋を出ていった。

「ウエーーーーーン。ビエェーーーーーーーン……」

アイは、その場にへたり込むと、まるで子供のように泣き出す。

涙で、顔がグチャグチャになる。

「ヒック。ヒック。畜生。畜生！　畜生！　畜生！　死んじゃえ！　みんな死んじゃぇばいいんだぁ！」


「チッ。見てられないな……」

一郎は、舌打ちする。

「最近、急に僕に接近すると思ったら、やっぱり、アイは、玉《たま》の輿《こし》を狙ってたんだ」

吐き捨てるように一郎は、いう。

「ゲスめ……。いいかぁ、そのうち、酷い目にあわせてやる……」

それはそうと、節子は、どうしているのか？

ルミとアイに対して、思う存分、嫌味を言い尽くした。

節子は、その後、どんな行動をとるのか、妙に気になった。

一郎は、いそいそと節子の部屋に移動する。


「ルン、ルルン。ルン、ルルン」

節子は上機嫌で、ナース服を脱ぎ始める。

そして、全裸になるとタンスの中から、なにやら、ゴソゴソと服を出し始めた。

次の瞬間、一郎は、息を飲んだ。

その節子の姿は、まるで、あのアニメーションのキャラクターそのものなのだ。

「うーん。コスプレっていうのは、噂《うわさ》では聞いたこと有るけど……、本物を見るのは、初めてだなぁ」

「ルン、ルルン。ルン、ルルン。エーイ。魔法の杖《つえ》よ。私を変身させておくれ！」

そういいながら、節子は、杖を振りかざしてクルクルと回り始める。

「バッカだなぁ。こいつ……」

一郎は、呆《あき》れてしまった。

人それぞれ、いろんな趣味があるけど、こんな趣味は初めてだ。

もちろん、節子の部屋も今まで何度も覗きに来たが、こんな姿は初めてみる。

「ウフフフフッ……。今日は、一日、楽しかったなぁ」

そういうと、節子は、ベッドに横たわる。

「気分がいいから……今日は……」

そういうと、節子は、コスプレ姿のままで、自分の乳房をゆっくりと揉《も》み上げ始める。

「あ、ん、あ……」

軽く漏れる吐息。

「んん。感じちゃう……。私って、人を虐めると燃えちゃうのよねぇ」

そういいながら、節子は、脇に挟んだ杖の先端を使って、自分の密壺の周囲をゆっくりとなで回す。

「んん。はあん。いい感じぃ」

大きく開いた太股の付け根には、布地一枚まとっていない。

露《あら》わになった茂みは、適度にカットされていて、ビラビラの花びらが深紅の口を開いていた。

「ん……んん。時任さんは、はあっ、いなくなっちゃうし……。ああん。身体が疼いても、誰もいないなんて……。ああん。感じちゃう。ハアッ、ハアッ、ハアッ……」

時任が、クビになってしまったことを、まだ、節子は知らないようだ。

「ああん……。はあん。と、時任さん……。ああん。舐めてあげるぅ」

節子は、杖の先端を舌先で、ペロペロと舐め始めた。

ちょうど、鳥のくちばしのような先端を、まるで、亀頭の先をツンツンと突くように刺激する。そして、ゆっくりと、唇で丸め込むように愛撫し始める。

「クチャッ、クチュッ……。はあっ……。クチュッ、クチュッ……。はあん……」

頭を前後させて、くちばしの先端から、根本まで、何度か頬張《ほおば》る。

「ああん。も、もういい？　もう、入れていい？」

うわごとのように節子は、杖に語りかける。

そして、今度は、くちばしをゆっくりと自分の密壺の中に挿入する。

「はあん！　ああ！　アアアアア！」

身体をのけ反らせて、節子が絶叫する。

まるで時任の凌辱棒を自分の中に導き入れたときのような快感が、全身を貫く。

「あああ！　いい！　いいわぁ。ねえ、もっと、もっと、奥まで入れて！　ねえ、お願い！」

杖の先端にあるくちばしは、ズブズブと節子の密壺の中に飲み込まれていく。

そして、それをゆっくりと出し入れ始める。

「ああっ。見て、私を見てぇ。こんなに、濡れてるよぉ。こんなに、気持いいよぉ」

節子の瞳からは、ポロポロと涙がこぼれていく。

「ねえ、その目で見て。私の中を見てぇ」

彼女は、太股をこれ以上は開けないという所まで大きく開くと、自分の密壺を両手を使って左右に開く。

密壺の中は、テラテラと愛液で光っていた。

「ねえ、見て。子宮、見える？　わ、私、奥、見られると感じちゃうのぉ。ねえ、しっかり見てぇ」

節子は、のけ反りながら、また、杖を手にとってくちばしを、密壺の中に挿入する。

それは、グチャグチャと卑猥《ひわい》な音を立てて、節子の愛液で濡れそぼっていく。

「はあ。あああああああ！　あああああああ！」

絶頂を迎えたのだろうか？　節子は、ぐったりと身体の力を抜いて、ベッドに大の字になる。杖が、床にコロコロと転がっていく。

「はあ、はあ、はあ。き、気持よかったぁ……」

節子は、エクスタシーの余韻のなかで、やがて深い眠りについていくのだった。


「うーん。これって、やっぱり、秘密だよなぁ」

一郎は、壁の向こう側で、節子の一部始終をビデオに収めた。

「節子を虐める、いい情報になればいいんだけど……」

よし、明日、これをネタに、節子を虐めてみよう。

一郎は、そう思った。

ビデオカメラの時計を見ると、すでにかなりの時間が経《た》っていた。

「今日は、これで、寝るかなぁ」

一郎は、眠そうに目をこすりながら部屋に戻った。

第三章　初めてのフェラは、メイドの淫靡な口元

「お坊ちゃま。朝でございます」

「ん……。だ、誰だぁ、僕を起こすのわぁ」

一郎の身体をユサユサと揺らしながら、アイが朝を告げる。

「まだ、時間、早いんじゃないのか？」

一郎は眠い目をショボショボとしばたかせながら上半身を起こす。

「ウフフフフッ……。もう、お昼でございます」

「アイ。お前、どうして今日は、僕を起こすんだよ。いつも、ほったらかしてくれてるじゃないか……」

「お坊ちゃま。今日は、お洗濯の日ですので、洗い物を取りに参りました」

「何だよ、今まで、そんなこと、一度もなかったじゃないか……」

とぼやく一郎。

「はい。下着を脱いでください」

アイが一郎からブランケットを剥《は》いで、パンツに手をかける。

「お、おい。アイ。ま、待てよ」

慌てて一郎が、パンツを押さえようとするが、それは次の瞬間には、アイの手にあった。

「チェッ。強引なやつだなぁ……」

といいながら、一郎は股間《こかん》を押さえる。

いわゆる男性の生理現象というやつで、一郎の凌辱棒《りょうじょくぼう》は、堅く、そそり立っていた。

「ウフフフフッ……。坊ちゃま。素敵ですこと……」

「勘弁してくれよ。恥ずかしいじゃないか」

「大丈夫です。アイは、恥ずかしくありません」

「お前が大丈夫でも、僕は恥ずかしいの」

まったく、こいつ、頭、大丈夫か？と一郎は、心の中で続けた。

「こうすれば、恥ずかしくないでしょう」

アイは、一郎の手をゆっくりと股間から離すと、そそり立つ凌辱棒を、すっぽりと口に含んだ。

「ア、ア、アイ。ま、待てよ。ちょっと待ってくれ」

一郎は、腰を後ろに引くが、アイは口から凌辱棒を離さない。

くわえ込んだまま、口の中でネチャネチャと舐《な》め回す。

「ん。く、くくぅ。そ、そんなふうに、されたら、うう……。だ、駄目だよ。も、もう、出ちゃうじゃないかぁ」

「お坊ちゃま。大丈夫でございます。よろしかったら、朝の一番、濃いザーメンをアイの口の中に出してくださいませ」

アイは、一瞬、一郎の凌辱棒を口から離すとそういった。そして、また、ズッポリと口の中に含む。

「ん、んんん。いいのか。くぅっ。も、もう、もう、出るぞ」

一郎の声にアイは、今度は、頭を激しく上下させる。

凌辱棒の根本を指先で押さえつけて、喉《のど》の奥までも使って激しくピストン運動する。

「ん、あああぁ！」

一郎が腰を突き出す。アイの後頭部を抱きしめて、喉の奥に向かって精液を吐き出した。

「ジュルッ……。ヌチャッ……」

「うっ……。アイ。も、もう、いいぞ……」

ビクビクと一郎の身体が痙攣《けいれん》する。吐き出した後も、アイは、一郎の凌辱棒を口から離そうとしない。根本から、吸い上げるように何度も、何度も、頭を上下させる。

「ん、んんん。ん、ん、クヂュッ。クチュッ……。…………ん、んむん」

アイは、ようやく、凌辱棒から口を離す。

そして、顔を天井に向けると、口の中で一郎が吐き出した精液をクチュクチュと楽しそうに味わう。

「……んん。コクン……。んんん」

そして、それをそのまま、飲み込んでしまった。

「アイ……」

「お坊ちゃま、美味しかったァ」

「アイ……」

アイは、一郎の横に横たわる。そして、

「お坊ちゃま。アイのお願いを聞いていただけますか？」

「ん？　な、なんだ？」

やけにサービスがいいと思ったら、何かねだるつもりなのか？

「なんだ。言って見ろ」

「今度、旦那様に、ご相談いただきたいのです」

「いいから、早く。言ってみろ」

アイの柔らかい胸が、メイド服越しに一郎の素肌に当たる。

「はい。アイをお坊ちゃま専任のメイドとしてお使いいただけるようにお願いしたいんです」

「僕、専用の？」

「はい。いつも、お坊ちゃまのお側《そば》におりたいのです」

アイは、そういうと、ベッドから弾みをつけて立ち上がる。洗濯物を拾い上げ、いそいそと部屋を出ていった。

「僕の専用メイド……？」

どういうことなんだろう？

一郎は、考え込んだ。

どうして、アイは、そんなことを言うのだろうか？

「……そうか……。そうすれば、周りの男たちから毎晩のように凌辱されることはなくなるよな……」

そこまで考えて、寝ぼけていた頭が、記憶を取り戻す。

そうだ、今朝、アイは、僕の妻になるとかいっていたぞと一郎は、思い出す。

それも、使用人たちを全部追い出すために、公衆便所から、館の女主人への変身という魔法を使いたいとアイは思っている。

「そうだ……。その為の一歩……ということだよな」

一郎は、一瞬でも、アイの〝お願い〟というやつに、耳を貸したことを悔やんだ。

本当に、馬鹿馬鹿しい。

「アイめ……。そのうち、ひん曲がった根性を叩《たた》き直してやる」

と一郎は、自分の凌辱棒をくわえていたアイの顔を思い出しながら、怒りに震える。

それは、さておき……。腹が減った。

一郎は、服を身につけると車椅子に乗り込む。

そして、遅い朝食を摂るために階下に向かった。


冷め切ったコーヒー。

堅くなったトースト。

表面が堅くなってしまったベーコンエッグ。

そんなものを一郎は、むさぼるように口に運んだ。

「おっ。どら息子め。今頃、朝飯か？」

「パパ……」

「お前も、そろそろ、将来のことを考えて行動せんといかんな」

「パパ。その話は、聞き飽きたよ」

「だがなぁ、一郎。お前のことを思うと、儂《わし》もなかなか安心できなくてなぁ」

「フウ……」

親バカ……だよな。

一郎は、心の中で舌打ちした。

できれば、跡を継いで、自分の会社をもり立てていって欲しい。

新造は、常日頃からそういっていた。

でも、きっとそれは、僕のためを思ってるわけじゃないと、一郎はわかっていた。

いつだったか、こんな事があった。

夜も遅い時間。

いつになく新造が、深酒をしていた。

酔っぱらった勢いというものだろうか。激しく一郎の事を罵《ののし》るのだ。

「この馬鹿者が！　会社もつがん、大学にもいかん、就職もせん。貴様のようなやつは、片平家の恥だ。儂のいうことを何一つきかん、お前なんぞは、生まれてこなければよかったんだ！」

と怒鳴り散らした。それも、何度もだ。

そこまで言われて、どうして、冷静に従うことができるのだろう。

外に対しては、見栄と体裁が一番大事で、家庭内においては、何もかも自分の思うがままに支配していたい。

それが、自分の父親の心根なのだということを一郎は、良く理解していた。

「僕のことを思うんだったら、僕の言い分も聞いてよ」

一郎は、常々、新造にそういうのだが、

「お前が欲しいものは、何でも買ってやっているじゃないか。儂に何を求めとるんだ」

という話で、いつも、終わってしまう。

やるせない……。

「なあ、一郎。もう一度、就職のことを考えてみんか」

「ん、んんん」

一郎は、冷め切って堅くなり、なかなか噛《か》み切れないベーコンと悪戦苦闘しながら、首を左右に振る。

「旦那様。お薬でございます」

節子が、水と錠剤を持って食堂に入ってきた。

「ああ、もらおう」

それを新造は、受け取る。そして、一気に飲み込んだ。

「旦那様。先生なんですが……」

恐る恐るという感じで、節子が仁科のことを尋ねる。

「幸子がどうした？」

「昨晩、先生の様子がおかしいことを旦那様にご報告した後から、先生のお姿が、見えません」

「ううむ」

「どこに行かれたのですか？　外出されるときは、基本的に行く先をおっしゃってから出かけられますから」

新造は、苦虫をかみつぶしたような顔で、節子を見る。

そして、しばらく考えた後、こういった。

「節子。幸子が今、どこにいるのか、お前は、知らなくていいんだ」

「そ、それは、そうかも知れませんが……。こういう感じでいらっしゃらなくなることが、何度かあったものですから……気になります」

「いいから、お前は、もう行きなさい」

「はい。旦那様」

節子は、面白くなさそうにプイッと横を向くと、さっさと食堂から出ていった。

「ねえ、ねぇ。パパ、どうしたの？」

「いや、昨晩から幸子が、また、おかしくなってな」

「昨晩？」

ああ、そうだった。

洋子とかいう女の子の治療をしたときから、仁科は妙だった。

シーツにこぼれた精液をペロペロと舐めたり新造の凌辱棒を必要以上に舐めたり。

「お前には、話しておこうと思うんだが……。実はな……」

「なに？」

「幸子は、心に病を持っておるんだ」

「心の病？」

　上手いことをいうなぁと一郎は感心した。

「その病のせいで、幸子は今、地下の牢屋《ろうや》に入れてある」

「へエ……地下牢に？」

「そうなんだ。そうでもせんとな、あいつ、男と見れば見境無しにむしゃぶりつくんだよ」

「誰でもいいんだ」

「自分が何者なのか、相手が誰なのか。そんなこともまったくわからないんだ」

「狂ってるね」

「昔、大学病院に勤めている頃のあいつは……、幸子は、不感症だったんだ」

「不感症っていうと、何も感じないの？」

「そうだ。胸を揉《も》もうが、クリトリスを愛撫《あいぶ》しようが、密壺《みつつぼ》に挿入しようが、何をしても、感じない。女としては、致命的な問題を抱えておった」

「それで？」

「それでな、当時、儂のお抱え医師になるために大学病院を辞めた後、アメリカで不感症の特効薬が出回ってな。まだ、正式な薬として、認可もされておらんかったんだが、儂が、裏で手を回して購入したんだ」

「その副作用なの？」

「そうだ」

新造は、沈痛な面持ちで続ける。

「その治療というのも、元はといえば、儂のためだ。儂とセックスができんことを、このままではいかんと思ったんだろう。しかし、その薬、副作用が強すぎた」

「フーン」

「お前は、馬鹿げたことだと笑うかもしれんが、大人にとっては、セックスができるかできんかが結構、人生にとって大変な悩みになるもんなんだよ」

「で、今は、地下牢なんだ」

「まるで獣のようだ」

大きくため息をつくと新造は、

「一郎。儂は、ちょっと自室で休む」

というと、食堂を出ていった。

「そうかぁ。ということは、ひょっとしたら、その薬が今も、仁科の手元にあるかも知れないんだな」

一郎は、そうつぶやく。

その薬。ひょっとしたら、何かの役に立つかも知れない。

彼は密かに、ほくそ笑んだ。

「あ、旦那様は？」

節子が、再び、食堂に戻ってきた。

「部屋に戻ったよ」

「あっ、そう」

「節子さん、ずいぶん、素っ気ないね」

「当たり前じゃない。旦那様がいないときのあんたなんか、口をきくのももったいないわ」

酷《ひど》いいわれようだな。

一郎は、舌打ちする。

「何だよ。その言い草。やっぱりアニメオタクって、礼儀を知らないんだよね」

「な、なによ。その、アニメオタクっていうの。バカにしないでよ」

「ああ、それは、そうだ。ごめんごめん」

「なによ、急に低姿勢ね。まあ、わかればいいわ」

「ごめんね。節子さん。コスプレしたまま、オナニーするなんて、アニメ好きな人と比べたら申し訳ないよね。だって、節子さんは、変態だもの」

「な……な……、に……く……な……」

わなわなと節子が腕を振り上げて震える。

何かをいいたいのだが、声にならない。

「杖《つえ》の味ってどんなんだろうね。ほら、変身用の杖だよ。ベタベタになってたじゃない」

「ふ、ふざけないでよ！　嘘《うそ》つくの止めてよね」

「ははは。ほらほら、本気で怒ってる。それって、認めたって事だよね」

「く、くっそう……」

節子は、悔しさのあまり、唇をかみしめる。

メガネの奥の両目には、涙さえ浮かんでいる。

「みんなに、言いふらしてあげようか。きっとみんな、退屈だから喜ぶよ」

「や、やめてよ」

「特に、仁科先生は、アニメなんか嫌いだから、いいように虐められちゃうかもね」

もっとも、今は、地下牢にいるけど……とは付け加えなかった。

「やめて。お願い。そんなこと、しないで」

「フフフッ。そうだよ、最初から、素直にいえばいいんだよ」

「ねえ、お願い」

「じゃあさ。許してやる代わりに、後で、あのスタイルのまま、僕の部屋に来てよ」

「えええぇ？　そんなの無理よ」

「無理ならいいよ、別に。明日になれば、みんなが、節子さんの趣味を理解してくれていると思うよ」

「あんたって、本当に卑劣な男ね」

「ありがと。褒め言葉と受け取っておくよ」

「ちくしょう！」

節子は、プンプンと怒りながら、食堂を出ていった。

「後で行くわよ。待ってなさいよ」

「楽しみにしてるよ」

一郎は、笑いながらそう答えた。


一時間程度、待っただろうか。

一郎の心臓は、今にもはち切れそうなぐらい激しく脈打っていた。

「節子を呼んだのはいいんだ……でも……」

そう。彼女を呼んだ後、どうすればいいんだろうか？

それを考えていた。

弱みといえば弱みを握っている。

一郎は、生まれてこの方、一度も女の子と恋愛関係になったことはない。

今朝、生まれて初めて、アイにフェラチオというやつをされた。

大抵は自分の手で生理的欲求を処理してきた。

勃起《ぼっき》した凌辱棒。それは、睾丸《こうがん》に溜まった精子を吐き出すためだけの器官でしかないと一郎は思っていた。

ましてや、女の子の弱みを握って、何か対等以上の立場に立つということさえ、今までになかったのだ。

歪《ゆが》んでいるといえば、歪んでいるんだろう。

だから、節子に対して、どんな態度をとればいいのか想像もつかなかった。

「反撃されたらどうしよう」

そんなことばかり考えていた。

いざとなったら、車椅子を蹴倒して立ち上がり、反撃すればいい。

何のかのといっても、相手は女の子だ。腕力で負けるわけがない。

「入るわよ！」

そんな声が、ドアの向こうから聞こえたかと思うと、昨晩、覗《のぞ》いた時とまったく同じ姿の節子が、部屋の中に飛び込んできた。

「ハアッ、ハアッ、ハアッ……。ああ……もう。嫌！　見つからないように走ってきたわ」

「約束通り来たね」

「当たり前でしょ、あんたから変なこと言いふらされたら、私、生きていけないじゃない」

「いい格好だよ」

舐め回すように、一郎は、つま先から頭の上まで、節子のコスプレ姿を見た。

「ねえ。もういいでしょ」

来ることは来たんだから、もう、約束は守ったわよ、と節子は一郎を睨《にら》みつける。

この時、節子が、一郎に対して、徹底的に反抗しさえすれば、一郎は、これから行うあらゆる行為をしなかったと思う。

この節子との行為が、一郎を、変えてしまったのかも知れない。

「駄目だよ。こんなんじゃ、許さないよ」

「もう嫌よ。こんな、ザーメン臭い部屋、一瞬でも居たくないわ」

「酷いいいようだね」

「あんたもさ、男だったら、オナニーした後の処理ぐらいちゃんとしてよ。ティッシュだって、二~三枚重ねて丸めれば、こんなに、臭いは出ないでしょ」

不快そうに、節子は、部屋の周囲を見回す。

そんなに臭いんだ。一郎は、ちょっと驚いた。

そして、こんな失礼ことを平然という節子に対して無性に腹が立った。

「その部屋で、今から、節子さん。どんな目に遭うのか考えてみてよ」

こんなものの言い方は、生まれて初めてだ。ドスの利いた声とでもいうのだろうか。

幾分、うわずっていたかも知れない。でも、一郎は、精一杯、声に力を入れた。

「嫌よ。ねえ、お願い。お願いします。約束、守ったでしょ」

節子は、半ベソをかきながら、すがるような目で一郎を見た。

『気持いい……。女の子のこんな顔、生まれて始めて見た……』

一郎の腰から全身に、熱いものが走った。

生まれて初めて、懇願されたという喜びが今、彼の身体を駆けめぐった。

「こっちに来いよ」

「う……うん」

節子は、ゆっくりと、一郎の側による。

「僕の前に立て」

「……はい……」

気持いい。生意気だった女が、僕の言いなりになっている。

「確認させて貰《もら》うよ」

そういうと、一郎は、節子の胸を両手でつかんで撫《な》で回し始める。

「あっ、嫌。止めて」

「動くな」

「……は……はい」

一郎は、ゆっくりと両手を回す。

「ハアッ、ハアッ、ハアッ……」

節子の呼吸が段々と速くなる。

息を深く吸い込むたびに、胸が前に大きく出る。

「ブラは、付けてないみたいだね」

「うん……」

節子が小さくうなずく。

「じゃあ、下はどうだろう」

「あん」

節子が腰を引く。

何をされるかわかっているのだ。

「駄目駄目。動かないでよ」

一郎は、節子のスカートをめくり上げた。

節子の太股《ふともも》は、強く閉ざされている。

両足を満身の力を込めて閉じているのだろう。

太股の筋肉が柔らかい肌の下で、はち切れそうになっている。

「良かった。こっちも、履いてないね」

「……だって、コスプレのままでっていったから……」

「節子さん。コスプレの時は、下着は付けないの？」

「……うん……」

一郎は、節子の股間にある茂みに手を添えてみた。

「ヒャン！」

身動きしないように我慢している節子だが、一郎の指先が、ゾリゾリと自分の茂みに当たるたびに、身体がビクビクと動く。

「ちゃんと処理してるみたいだけど……。割とゴワゴワしてるんだね、ここの毛」

「お、女の子……は、だ、だいたい……そうよ」

「股《また》、開いてよ」

「ね、ねえ、一郎さん。お願い。ここは、いいでしょ」

震えながら節子はいう。

「ねえ。口でいいでしょ。口だったら、私、してあげるから」

「ふーん。口ねえ」

一郎は、考えた。フェラチオは、今朝、アイにやって貰ったばかりだし、何しろ、女の密壺の感触というのは、今まで経験したことがない。

できれば、下の口の方がいいんだけど……。

「まあ、コスプレの秘密と交換だから、口でいいか」

「はあ……。ありがとう……」

節子は、安堵《あんど》して肩の力を抜く。

どこまでされるのか……。恐らく彼女は、最後の一線まで越えさせられると予測してきていたのだろう。

『チャアーーーッ』

一郎は、ズボンのチャックをゆっくりと降ろす、そして、半立ちの凌辱棒を、引っ張り出すと節子に向けた。

「さあ」

「ゴクリッ……。う、うん」

節子は、生唾《なまつば》を飲み込んで両膝《りょうひざ》を床に着く。そして、両手で、壊れ物を触るようにゆっくりと一郎の凌辱棒を愛撫し始める。

「丁寧だね。すぐにくわえないの？」

「こうすると気持いいっていわれたから。気持ちよくしてあげる。その方が、時間、短くて済むでしょ」

合理的といえば、合理的だな……と一郎は思った。

細い指先、触られると自分の手とは、ずいぶん違う感触なんだなと一郎は、正直、驚いた。女の子の指って、こんなに気持いいんだと……。

「ねえ、ほら、立ってきたでしょ」

一郎の凌辱棒は、節子の両手に愛撫されて、見る見るうちに、反り返った。

「カリの所をね、指の先で、こうするの……」

一郎の開いた傘の下あたりを、節子は丹念になぞる。それをしばらく繰り返す。

「う。んんん。節子さん。確かに、気持いいね」

「ほら、もう、出てきたわ」

凌辱棒の先端から、透明の液がにじみ出てきた。

「ティッシュ、ない？」

「ああ」

一郎は、手を伸ばしてティッシュを箱ごと節子に渡した。

一枚抜き取ると、節子は、ゆっくりと、先端の透明の液をぬぐい取る。

「お願いよ。私、口の中に出されるの嫌なの。好きな人の舐めるときも、それだけは、堪忍して貰ってるのよ。だから、出るときは、いってね。手のひらで受け止めるから」

「わかった」

……でも、どうなるか知らないよ。何しろ僕は経験がないから、我慢なんかできないか

も知れない……と一郎は、節子には聞こえないようにつぶやいた。

「あむ……。ん、ん、ん……」

節子の口は、一郎を半分までくわえた。そして、大きく開いた先端のなめらかな部分を中心に円を描くように舌で舐め回す。

「ムチャッ。クチュッ……。ジュプッ……」

節子の口から、卑猥《ひわい》な音が響く。

「ん。うう……。気持いいなぁ」

「へふの（出るの）？」

節子は、くわえたまま、上目遣いで一郎を見る。

「ま、まだ大丈夫」

一郎は、顔を横に振る。

「んん。ん、ん、ん、ん、ん、ん……」

今度は、根本まで一気に飲み込んでしまう。

節子の唇が、一郎の根本に当たると、一気に、先端まで引く。

そして、また、根本まで飲み込む。

そんな前後運動を、繰り返すのだった。

「クウ……ッ。気持いいよ」

一郎の股間は、腰まで痺《しび》れるような快感に襲われていた。

特に、節子が引くときに、ストローでジュースを吸い込むような感じで、吸引する。

その瞬間は、目のくらむような快感だ。

「ん、ん、ん、ん、ん、ん……」

節子は、延々と前後運動を続ける。

「あっ。あああぁ！」

射精直前の快感に、思わず一郎の口から喜悦の声がほとばしる。

節子は、口から凌辱棒を抜こうとした。

「あぁっ。駄目だよ！」

一郎は、両手で、節子の後頭部をわしづかみにする。

そして、力ずくで節子の頭を引き寄せる。

「ふんんんん！　ふんんんんん！」

苦しそうに両手をばたつかせる節子。

それはそうだろう。奥の奥まで、一郎の凌辱棒が入っているのだから、恐らく、喉一杯に一郎が広がっている。

「ふんんんん！　ふんんんんんん！」

抵抗する節子のことなどまったく考えずに、一郎は、節子の頭を力任せに引き寄せる。

そして、腰を数回、前に突き出す。

一郎の凌辱棒から、節子の喉に白濁の液体が吐き出される。

呼吸ができないからか、節子は苦しさに顔を歪ませる。

「ん、んはぁ！」

一郎の手の力が抜ける。

節子は、後ろに倒れるように身体をのけ反らせた。

「ひんんん。ほほんん、んんんん。んんんん！」

口を閉じて、一郎のザーメンを口に入れたまま、節子は、泣きながら睨みつけた。

「ん、ふふふ！　ふふふふ、ふふふふ」

何か捨てゼリフを残したんだろう。

節子は、泣きながら一郎の部屋を飛び出していった。

「あははははっ。バカじゃないのかぁ！　あはははははっ」

一郎は、腹を抱えて笑った。

あの、節子の顔。射精した瞬間の困った顔。

悔しそうな涙。

「あはははっ、あはははっ、あはははっ。ああ、面白い。女って面白いなぁ」

一郎は、しばらく笑い続けた。

第四章　女という玩具への目覚め

女といえば、イメージとして、母親というものしか、思いつかない。

しかし、彼にはその記憶は、まったくなかった。

一郎が幼い頃、彼の母は、家を出ていってしまったらしい。

また、一郎を生んですぐ、行方不明になったとも聞いた。

一郎の父、新造は、彼の母親については、何も語らない。

ママは、どんな顔をしていたのだろう?

一郎は、時折、そんなことを思う。

しかし、何一つ、思い出せない。

ただ……指の感触と、肌のぬくもり……。

それだけは、どこかに記憶しているような気がする。

錯覚なのかも知れない。

映画で見た、もしくは、本で読んだ、その中にある母親というイメージを自分の母の記憶だと誤解しているのかも知れない。

それが、彼には唯一の女というものに対する情報源なのだ。

そうだからこそ、元々、自分とは、何の縁もない生き物……と、一郎は、思っている。

恋しいとか、愛しいとか、そんな感情は持っていなかった。

おまけに、数年前から同居している、この館の女たちは、暴力的で、汚らわしくて、とても優しいとか、暖かいという感触を与えてくれるものではなかった。

館の女たちから、嫌味をいわれ、こづかれたりするたびに、一郎の女に対する嫌悪感は増していったのだった。

そんな、女の一人が、ついさっきまで、手のひらの中にあった。

一郎は、節子の胸の柔らかい感触を頭の中で反芻《はんすう》する。

そして、女はこんな風に、従順になるんだということもわかった。

何よりも、女は自分にとって、気持のいい生き物であることが理解できた。

それだけで良かった。そう、自分にとって女は、それだけの価値しかないと思っているから……。


一郎は、時計を見た。

節子が走り去ってから、何時間が経《た》ったのだろう。いつの間にか、深夜になっている。

「フフフッ。エレベータを止めに行かなきゃ」

彼は、片手にビデオカメラを持って、廊下に出た。

「クックックッ……。今日は、何が見られるのかな？」

自分の胸の奥のどす黒いところで、何かが舌なめずりをしている。

普通の人間であれば、自分の中にそんな、悪意に満ちた感覚があるとすれば、人によっては己自身に嫌悪してしまうときもある。そんな感触を嫌がるどころか、彼は、逆に楽しんでいた。彼にしてみれば、心躍る楽しい一時、なのだろう。

彼の足は、地下牢《ちかろう》に向かっていた。

狂ってしまった仁科がどんな状態なのか。興味がある。

三階から地下一階だから、螺旋《らせん》階段がちょっと辛《つら》かった。途中何度か立ち止まり、深呼吸した。

地下牢は、壁と檻《おり》でいくつかにわかれている。

そのひとつ、ひとつに覗《のぞ》き穴があり、どこでも見ることができるようになっていた。

さて、仁科の檻はどこかな？　ひとつひとつ見るのは面倒《めんどう》だなと彼は思ったが、それは、取り越し苦労だった。

仁科の牢はすぐにわかった。

獣のような絶叫が一郎を導いてくれたからだ。

「ギャアアアアアーーーーーーー！　いい！　いい！　いいいいいい！」

「ゲへ、ゲへ、ゲへ、ゲへ！」

仁科の絶叫に混ざって聞こえる、この不愉快な声は……、いつの間にか、この館に住み込みで働き始めていた、庭師の晋平のものだ。

「おかしいな。どうして、晋平が？」

一郎は、いぶかしがりながらも、ビデオカメラのスイッチを入れた。

それにしても、このビデオカメラは、覗きという行為に、ちょうどいい。

小さなボディの横に小さいながらも綺麗《きれい》に映る液晶画面があり、また、見たいところをズームアップできる。


「はあん！　ああああん！　いいわよ！　いいわよぉ！　その調子、その調子よぉ！」

「ゲへ、ゲへ！」

「駄目よ。まだ駄目よ。行っちゃ駄目よ！　こら、このマヌケ！　行くなっていってるでしょ！」

「ゲへゲへゲへ……」

「まあ、許してあげるわ。だから、ほら、もう一回」

「ゲへ、ゲへ、ゲへ、ゲへ」

「なぁによぉ。何が好き者よぉ。あんただって、何回やっても、立ちまくってるじゃない。素敵よ。あんたの凌辱棒《りょうじょくぼう》」

太い大根のような晋平の凌辱棒。

それをガバガバと軽く飲み込んでしまう仁科の密壺《みつつぼ》。

何となく、一郎は圧倒されてしまった。

「あん。出ちゃったぁん」

仁科の股間《こかん》から、晋平の精液がドロドロと出てくる。

「ああん。もったいないぃぃ。もう、舐《な》めちゃうわぁ」

仁科は、自分の密壺から流れ落ちる精液を太股《ふともも》あたりで手にすくうと、何のためらいも無しに口に運ぶ。

「ベチャッ、クチュッ、クチャッ。ハアッ、ハアッ、ハアッ。美味しい。あんたのこれ、美味しいわぁ」

仁科の目は、完全に飛んでいる。焦点も定まらないようだし、何より鈍い眼光は、精神的な異常の度合いが、尋常ではないことを教えてくれる。

「ほら、休んでるんじゃないわよ。次よ、次。私の中に、それを突っ込むのよ」

仁科は、鉄格子越しにお尻《しり》を突き出す。

鉄格子越しのセックス。獣同士の行為としては、ちょうどいい場所だろう。

「あああ！　ああ、ああ、ああ、ああ。行く、イクぅ、行っちゃう、行っちゃうぅぅ」

晋平の腰の動きは、とてもセックスに熟練した男のものではない。

力任せに突き上げるだけのものだ。

しかし、それが今の仁科にとっては、最高のテクニックのようだ。

ヨダレと随喜の涙を流しながら、仁科はよがり狂っている。


こんなものは、見たくない。

一郎は、込み上がってくる嘔吐感《おうとかん》を何とか押さえ込んだ。

そして、地下牢から逃げるように違う場所に移動した。

「チェッ。まったく、酷《ひど》いもんだよな。獣のセックスって、こんなもんなんだろうなぁ」

と悪態をつく。

しかし、やはり、自分の凌辱棒は勃起《ぼっき》していた。

獣のようなセックスに対して、嫌悪感を感じつつも、やはり、性的なところではしっかりと反応しているのだ。

「なんだか、僕、おかしくなっちゃったのかな」

一郎は、自分の身体……特に、下半身が今までとは違うものになってしまっていることが、恐ろしかった。性に対する恐怖ともいえるのかも知れない。

なんだか、常に火照っているような。凌辱棒が常にむずがゆく、女という玩具《おもちゃ》を求めているのだ。

今までにない感覚だった。しかし、一郎は、それほど悪い気はしていなかった。

よく言えば、自我に目覚めたのだろう、大人になったんだと、判断していた。

「洋子は、どうしてるのかな？」

あの、不思議な女の子は、今、どうしているのだろう。

寝ているだけかも知れない。

一郎は、薄暗い螺旋階段を踏みしめながら、客間……つまり、洋子の部屋に向かった。


「ウフフフッ……。どう？　洋子ちゃん。気持いい？」

「ん。んんん。こ……これが、愛……愛撫《あいぶ》？」

客間のベッドでは、ほとんど全裸のルミと洋子が、その身体をからませていた。

そうだった。節子がルミのことをレズビアンだといっていた。

ルミは、それに対して怒りを露《あら》わにしていたが、否定はしなかったように覚えている。

「ん。ペロッ。ペチャッ。ん、ん、ん。ペチャ、ペチャ……」

ルミは、はち切れそうな洋子の乳房を下から上へ何度も舐めあげていく。

そして、乳首を時折、口の中に入れて、舌先でゆっくりと転がす。

「ハアッ……。ル……ルミさん……。わ、私……なんだか……変……なの」

苦しそうに洋子がルミの顔を見つめる。

それは、切なくて悲しそうな顔だ。

「洋子ちゃん。それは、感じてるってことなのよ。きっと」

「……わ、私……、か……感じてるって……、こんな……ことなんだ……」

やはり、いつもの消え入りそうな声で、洋子は、つぶやく。

「女の子の身体はね、柔らかくて壊れやすいものなのよ。だから、こうして、優しくしてあげないと駄目なの」

「ん……はあん！　あっ、あああ……。ル、ルミ……はあん。こ、恐い……、恐いよぉ」

上下の歯が、震えているために、上手くかみ合わない。

洋子は、初めての経験に怯《おび》えているのだろうか？

「こ……恐い……恐い……。ああん。痺《しび》れる……。はあん……。ああああっ、あっ、あっ……」

「いいのよ。洋子。感じればいいの。女の子は、それが、とても幸せなことなんだから」

「はあっ……んん。で、でも……恐い。こんなの、初めてなの……」

「クスッ。可愛い子ね」

ルミは、洋子の乳房から、ゆっくりと下に向かって舐め始める。

艶々《つやつや》としたアンダーバスト、お腹の辺りから小さなヘソ。そして、クルクルと軽いウェーブのかかった、アンダーヘアまでを丹念に舐め続けた。

そして、豊かなアンダーヘアの合間に見える、洋子の密壺。

ルミは、そこから、ゆっくりと止血用のタンポンを抜き取る。

「あっ!」

驚いて、洋子が、上半身を起こす。

「いいのよ。じっとしてて」

洋子の反応にかまわず、ルミは、密壺の周囲をゆっくり舐める。

「ル……ルミ……さん……。そ、そこ……嫌……なの」

「ペチャッ……。ペチャッ……。どうして?」

「だってそこ……。汚い……。私の身体で、一番汚い……トコ」

「綺麗よ。洋子ちゃん。ほら、よく見てよ。綺麗なピンク。どんなに、獣に襲われても、なにされても、洋子ちゃんのココはとても綺麗よ」

「おね……がい……。汚い……の……。ウウッ……。そこ、ヒック……。お願い……」

洋子は、泣きじゃくり始めた。

「ルミさん。私、ルミさんの……こと、好き……だから……。そんな、汚い所……舐めないで……」

「大丈夫よ。洋子。私が綺麗にしてあげるから」

そういうと、ルミは、洋子の密壺の中に、舌先を入れる。

舌を尖《とが》らせて入るところまで、ゆっくりと差し込んで、柔らかく凹凸のある密壺の中を円を描くように丁寧に舐め続ける。

「あっ、あっ、あっ……。あうっん。ハァン。息が……く、くる……苦しい……」

洋子は、両眼を大きく開いて、天井を見上げる。

その目は虚ろで、恍惚《こうこつ》とした光を放っていた。

「どう？　洋子。まだ、汚い？」

「ル、ルミ……さん」

何度も深く深呼吸しながら、洋子は、ルミに抱きつく。

そして、ゆっくりとした動作で、ルミにキスをした。

「はぁぁぁぁ……」

重なり合った二人の口元から、ため息が漏れる。

しばらく二人は、お互いの温もりをゆっくりと確かめ合うのだった。


「レズビアン……かぁ……」

一郎は、カメラの電源を落とした。

たぶん、このまま、二人は、ずっと愛し続けるのだろう。

「かったるいな……」

と思った一郎は、移動することにした。

「アイはどうしているんだろう」

一郎は、急に、アイの姿を見たくなった。

「よし、アイの部屋に行ってみよう」


薄暗い通路。

ところどころ、薄ぼんやりした裸電球が、天井から微かな光を発していた。

しかし、それらも、ほとんどが切れている。

おまけに、足下は、油断すると滑ってしまいそうになるほど、ほこりが積もっていた。

「えっと……。アイの部屋は、この辺りかな？」

と、思ったとき。

『ドタッ。ダダン。バタン！』

壁越しにけたたましい音が響く。人がつかみ合っている音なのか？

アイの部屋に誰かが居る。

一郎は、覗き穴にビデオカメラを入れる。

すると、そこには、両腕の自由を奪われて、ビリビリと寝間着を破り捨てられているアイの姿があった。

一郎はカメラの角度を変えてみる。

すると、そこには、まさに獣のような凄《すさ》まじい形相をした晋平が、舌なめずりをしながらアイの身体をまさぐっていた。

「ヒイッ！　や、やぁめてぇ。あ、あんたなんかぁ。私ぃ嫌あ！」

両足をばたつかせて、アイが抵抗している。

「いゃあ！」

「ゲへ、ゲへ！　ゲへ、ゲへ！」

「駄目よ。あんた、そんな汚いもの、いゃあ。出さないでぇ」

晋平は、猛り狂った、すでにはち切れそうな凌辱棒をアイの顔の前に突き出す。

さあ、フェラチオをしろとでもいいたいのだろう。

アイの寝間着は、すでに半分以上は引き裂かれていた。

右肩はむき出しになり、豊満な乳房が晋平に振り回されるたびにユサユサと揺れる。

「痛いい。痛いぃいぃい。痛いの嫌あ！」

アイの目からは、ボロボロと涙が飛び散る。

「まるっきり、強姦《ごうかん》だな……」

一郎はつぶやく。そして、

「いいなぁ。僕も、一度でいいから、こんな風に女の子をいたぶってみたい」

と心の底から思った。


「ゲヘ、ゲヘ、ゲヘ、ゲヘ」

「きゃあああ！」

晋平は、腕力にものをいわせて、アイを逆さまにしてしまう。

両腕で、彼女の足首を持ち上げる。

そして、自分の口の前にアイの股間を持ち上げると密壺をそのまま、口でガッポリとくわえ込んでしまう。

「ビチャッ、ビヂュッ。ジュルッ、グチャッ……」

舐め回す。舌を入れる。吸い付く。そして、密壺の周囲に広がる花びらを唇で挟んでは引っ張る。

時折、軽く、噛《か》んでいるようにも見える。

「ヒ、ヒグゥ！　や、やあよぉ。ウェエエエン。ウェエエエン」

ついに、アイは、大声で泣き始めた。

「ビジュッ。ジュルッ、ジュルッ、ジュルルル……」

しかし、晋平はお構いなしにアイの密壺を攻め続ける。

そして、飽きたのだろうか、アイをベッドの上に放り投げた。

「キャア！」

二〜三度、ベッドのスプリングで弾むアイの身体。

晋平の力から見れば、アイなどは、無抵抗の性人形のようだ。

そして、晋平は、その寸胴な体つきからは、想像もできないような俊敏さで、アイの頭を両手でつかむ。

でかい手のひら。

片方の手のひらだけで、アイの顔など、すっぽりと包むことができる。

「んんんんん！　んんんんんん！」

晋平は、力任せにアイの口の中に、まるで作り物のような巨大な凌辱棒をねじ込んだ。

「ブッ！　ングググ！　ブブッ！」

アイの口から呼吸が漏れる。息を吐くことすらままならないようだ。

そして、晋平は、はち切れそうになっているアイの唇を引き裂くかのように強引に凌辱棒を喉《のど》の奥へとねじり込んでいく。

「フーーーーッ。ンググググ。んーーーーーーー！」

アイの目は、恐怖と呼吸のできない苦しさのあまり、二つとも大きく見開かれ、そこから、止めどなく涙がこぼれていく。

「ブジュッ！　ジュボッ、ジュボッ、ジュボッ……」

晋平は、アイの頭をまるで玩具のように前後させて、自分の凌辱棒を出し入れする。

フェラチオなどという生やさしい行為ではない。

「ん……。んんん…………。ングゥ………」

アイの目から、生気が薄れていく。

バタバタと動かしながら抵抗し続けていた足と手の動きが次第に緩慢になっていく。

窒息死……しかかっているようだ。

まずいかな？と一郎は思ったが、このまま放っておいたらどうなるんだろう？

そういう興味の方が、先に立ってしまっていて、止めようなどということは、微塵《みじん》にも思えなかった。

「ん…………。ング…………」

ぐったりと力無く垂れ下がるアイの手足。

頭だけが自分の意志とは関係ないところで、激しく動いている。

「ジュボッ！」

「カハァッ！　ゲボッ。ゲボッ！」

さすがに殺すのはまずいと思ったのか、晋平は、アイを再び、ベッドの上に放り投げた。

「ハア、ハア、ハア、ハア……。ヒューッ、ヒューッ……。ハアッ、ハアッ、ハアッ」

体中の力を込めて、アイが呼吸をする。

喉がヒューヒューと鳴る。

「た、助けて……。誰か……カハッ！　ゲホッ、ゲホッ、ゲホッ……。た……す……けぇ……」

ゼイゼイと息をあらげるアイ。

こんな時間に、誰に助けを求めても無駄なのだが……。

「ゲへ、ゲへ……。ゲーへ。ゲへ」

晋平は、アイの両足首をつかむと、今度は左右に大きく開く。

アイは抵抗することすらできない。

ドス黒く天に向かってそそり立つ晋平の凌辱棒。

それが、今まさに、唾液《だえき》でベタベタになっているアイの密壺の中に入れられようとした。

「駄目ぇ！　お願いぃぃぃ。それだけは、駄目え！」

身体に残った、ありったけの力を使って、アイは、上半身を起こすと晋平の凌辱棒を両手で握りしめた。

「ねえ、聞いて。お願いします。そこ、私、バージンなの。ねえ、お願い、そこだけは止めてぇ」

涙をボロボロと流しながら、アイが晋平に懇願する。

しかし、晋平は首を横に振って、知らん顔をする。

グイグイと両腕でアイの足首を引き寄せ、密壺の中に凌辱棒を入れようとする。

巨大なそれは、アイの両手で捕まれていても、先端の剝《む》けた部分は手に余っていた。

それが、密壺の入り口にあたる。

「きゃぁあああ！　嫌ぁぁぁ！　お願い。お願い。お願い。お願い」

髪の毛を振り乱しながら、アイは、頭を激しく左右に振る。

「お願い。止めて。ここ、破れちゃったら、私、追い出されちゃう！　見てるの。旦那様。いつも、ちゃんと、有るかどうか、見てるのぉ！」

「げへ？」

「ねえ、わかる？　処女膜。わかる？　破ったら追い出されちゃうのよぉ」

後は、声にならない。

ただ、アイは、泣き叫ぶだけだった。

「ヒック。エッグ……。んん。ヒック、ヒン……スン。グスン。グスン……」

ボロボロと涙が流れていく。

アイは、ひとしきり泣きじゃくると晋平の凌辱棒から両手を離してしまう。

「いいわよ。入れればいいわ。さあ、入れなさいよ。グスン。殺してやる。グスン。お屋敷、追い出される前に、食いちぎってやるからぁ！　早くしなさいよ！　さあ、このゲス野郎！　好きなようにすればいいわ！　それに、いいつけてやる。旦那様に、お前に犯されたんだって、いいつけてやるぅ」

晋平は、瞬きもせずアイを見つめたまま、動かなくなってしまった。

しばらくの沈黙。

アイの泣きじゃくる声しか聞こえない。

「ゲへ…………」

「クスンッ。わかってるわ。グスン。出したいんでしょ。横になって。裸になって、仰向けに寝て……」

晋平は、アイにいわれるがままに、横になる。

むき出しになった下半身から、凶暴な凌辱棒が萎《な》えることなくそそり立っていた。

「ううん。グスンッ。乾いちゃったね」

アイは、そういうと晋平の凌辱棒を丹念に舐め始めた。

時折、口の中に含むが、アイの口では、晋平のそれは、半分程度しか入らない。

「こ、こんなに、おっきいの……。私、大丈夫かしら……？」

舐めながら、不安そうにアイはつぶやく。

「ガボッ……。クチュッ……。グチュッ……ブチュッ……」

アイの口から湿った音が響く。

「もう……出てきた。薄い……」

晋平の先端から、白濁の液が、にじみ出てきた。

アイは、それを舐め上げると、両足を開いて、晋平に馬乗りになる。

「ん！　ううっ。おっきい……。んぁ、あああん」

アイは、凌辱棒をゆっくりと自分のお尻の穴に入れはじめる。

「んあ！　あああん。入ら……無い」

アイは、馬乗りになったまま、身体をのけ反らせる。

そして、天井を見上げながら、髪の毛を左右に振る。

「あ、あああああ！　ギッ！　ギィィィィ！」

アイの身体が次第に下に降りていく。

「ギィイイイイイイ！」

晋平の凌辱棒は、スッポリとアイのお腹の中に収まってしまった。

「入った。んんんん。入ったぁ……」

「ゲヘッ！」

晋平の腰が少し浮く。

「待って、まだ、駄目ぇ。もう少し、柔らかくならないと……私、死んじゃう……」

アイはゆっくりと腰を上下させる。

「ん、ん、んんんんん。おっきい。おっきい。私、初めて、こんなにおっきい……」

アイは、呻《うめ》くようにそうつぶやき続けると、腰の動きをほんの少しずつだが、大きく激しくし始める。

「げへぇ！」

「ん！　きゃあああああ！」

さすがに晋平も、我慢できなくなったようだ。

晋平の腰が浮く。軽々とアイの身体がベッドから離れる。

「んんん！　ギィッ！」

まるでロデオのようだ。

暴れ馬にまたがるカウボーイのように、アイは、晋平の身体に跨《またが》ったまま、下から激しく突き上げられ続ける。

「あああ……。んんんんんんんんんん……」

軋《きし》むベッドのスプリングの音。

アイの声は、それにかき消される。

アイと晋平を繋《つな》ぐ肉と肉の擦《こす》れ合う音が、妙に耳に残る。

「ゲア…………………」

蛙《かえる》のような鳴き声と共に、アイは気を失ってしまったようだ。

顔は天井を見上げたままで、口は大きく開かれ、唾液が流れていく。

身体も糸の切れた操り人形のように、ガクガクと晋平の身体の動きに合わせて動いている。

アイの身体が倒れそうになると、晋平は片手でそれを支える。

激しい晋平の腰の動きでアイの身体が一瞬、宙に浮く。それが、重力によって、また、晋平の凌辱棒が深々とアイの腹を突き上げる。

アイはまるで、壊れてしまった人形のようだ。

開ききってしまった瞳孔《どうこう》。その瞳からは、気を失っているにもかかわらず、涙が止めどもなく流れ落ちていた。


馬とか、牛とか、そんなものに犯されるのって、こんな感じなのかな？

一郎は、興奮しきっていた。

野獣に凌辱される少女。

「クックックックックッ……。それ、面白いなぁ」

自分自身で、妙なタイトルを付けてしまって一郎は、口元で笑う。

それにしても、アイは、まだ、生きているのだろうか？

「まあ、死ぬことはないとは思うけど……、どんなもんかな？」

後は、このまま、晋平がアイを突き上げ続けて、精液をアイの腸の中に吐き出して終わりだろう。

気を失ってしまって反応が無くなったアイをこのまま、ビデオに撮り続けても意味がない。

カメラの液晶に今の時刻を表示させる。もう、夜明けが近い。

第五章　本当の凌辱の始まり

「おい、起きろ。一郎。起きるんだ」

「ん……。誰？　アイ？　アイか？」

誰かが、肩を揺さぶる。

昨日は、アイが起こしに来た。

アイなのかな？と思った瞬間、夜中のアイと節子の会話を思い出す。

「チッ。あの女……。嘘《うそ》つきめ……」と無性に腹が立ってきた。

「おい。起きなさい。一郎」

「誰だよ。うるさい……と……」

見ると、新造が不機嫌そうな顔で自分を睨《にら》んでいる。

「……なんだぁ……パパかぁ……」

「なんだぁ、じゃない。父親に起こされて、その態度はなんだ！」

「ごめんよぉ。今朝まで、本、読んでたんだぁ。勘弁してよぉ」

「ほぉ……、お前が本を夜明けまで読むのか……？　まあいい。そんなこと、どうでもいいんだ」

「お願い。パパ。もう少し、寝かせて」

「おいおい、そのままでいいから、聞きなさい。儂《わし》は、もう、東京に戻らねばならん」

「なに？」

「フウ……。実に馬鹿馬鹿しい話なんだがな、会社を乗っ取られたんだよ」

「え？」

事の重大さに、一郎は、一瞬で目覚めた。

「馬鹿な！　だって、会社はパパの物でしょ」

「うむ。確かに、儂が一代で築き上げたものだ」

「だったら、どうして、人の手に渡るんだよ。そんなの変だよ」

「それが、大人の世界というものなんだ。本社の株を買い占められてしまってな」

新造の顔は、卑屈だった。

ここまで、勝ち抜くために、違法行為すれすれのこともしてきた。

どちらかというと、今回のような乗っ取りは、新造の得意とするところであって、まさか、他人に足下をすくわれようとは思ってても見なかった。

「薄々は感づいていたんだ。誰が、背後で糸を引いているのかも、大体予想がつく」

「本当なんだね」

「最悪の場合を覚悟せんといかんだろうな」

「ど、どうなるの？」

「まあ、今のところ、何ともいえん。まあ、儂も黙ってみているわけにはいかんからな、これから、東京に行く。そして、巻き返しをはかる」

「うん……」

「ただ……、この館は、本社の名義だ。おそらく、ここは、引き払うことになるだろう」

「そ……うなんだ」

「短い間とはいえ、住み慣れた屋敷だからな。儂もできれば出たくないが仕方なかろう」

「……そうか……、この館、僕たちの物じゃなくなるんだ……」

「儂が居ない間は、お前がこの館の主だ。いいか、今日明日中に、全員を解雇して、荷造りをしておけ。いつでも出られるようにな」

「う……うん」

「もっとも、幸子だけは残しておくんだぞ」

「そ……そう？」

「仕方なかろう。腐れ縁だ」

「そ、そうだ。パパ。先生といえば、昨日、大変なところを見ちゃったんだ」

「なんだ？」

「地下牢《ちかろう》のさ、中でさ、晋平が先生を犯してたんだよ」

「なに？　それは、本当か？」

「うん。僕、見たもの。先生が精神的におかしくなってるのをいいことに、犯しまくってたよ」

「チッ、あの獣がぁ。死にそうになって、館の前に倒れていたのを助けたのは誰だと思っとるんだ」

「本当だよ。人の弱みにつけ込んで、最低のやつだよ」

「一郎、晋平は、儂が今から叩《たた》き出しておく。何しろ、時間がない。後のこと頼んだぞ」

「……うん。頑張ってみるよ」

「いいか、いつでも館を出られるようにしておくんだ」

そういうと、新造は、急ぎ足で部屋を出ていった。

これで、晋平を追い出した。

そして、パパは、居無くなった。

今から、僕がこの館の主人だ。


『コンコン、コンコン』

誰かが部屋をノックする。

「誰？」

「お坊ちゃま、アイでございます」

……アイか……。

「入れ」

「はい」

アイが扉をゆっくりと開けて中に入ってくる。

「お目覚めでございますか？」

「ああ。とっくに起きてるよ」

「今朝は、ご機嫌は如何《いかが》ですか？」

「機嫌？」

そう、最低だよ。お前のせいでね……とは口にしてはいわない。

「そうだ。パパはどうした？」

「はい、旦那様は、片平を連れて東京に行かれました」

「ふーん。どうして片平は一緒なんだ？」

「はい。運転手としてご同行させていただくと申しておりました」

「じゃあ、片平は、しばらく帰ってこないんだね」

「はい。申し訳ございませんが、しばらくは、アイ、一人で皆様のお世話をさせていただきます」

「時任はどうしたんだろうね。最近、見ないけど」

「時任様は、良く存じませんが、確かに、お姿をお見受けすることが無くなりました。先日も、お部屋のお掃除と思いましたが、何しろ、荷物はほとんどそのままだったのですが、慌てて荷造りされたご様子が見えました」

あいつ。慌てて、逃げ出したんだろうな。

一郎は、ほくそ笑んだ。

「晋平は、どうしている？」

「………………」

アイの顔が一瞬、曇った。

気絶するまで凌辱《りょうじょく》され続けた記憶が、さすがにアイの顔を曇らせるのだろう。

「突然でございます。さきほど、日那様が晋平を呼ばれまして、その場で、解雇されました」

「そうか……」

「それはもう、日那様は、ものすごい勢いで。飼い犬に手を噛《か》まれたとか、恩を仇《あだ》で返しおってとか、もの凄《すご》い仰りようでした」

「アイは、嬉《うれ》しいだろう。あの、獣のような晋平が居なくなったんだから」

「……あ……その……どうしてで、ございますか？」

「昨日……いや、今朝だな。凄かったな、お前と晋平のまぐわい方は」

「え？」

「お前、お尻《しり》の穴は大丈夫なのか？　あんな、もの凄い物をくわえ込んだら、さすがに切れるとか破れるとか、そんなふうにはならないものなの？」

「お、お坊ちゃま。何を仰られているのか、アイには良く理解できません」

「とぼけなくてもいい。僕は何もかも知ってるんだ」

「!!」

アイは、瞳を大きく開けたまま、身じろぎもせず一郎を見つめた。

「ご、ご存じなのですか？」

「知ってるよ。晋平から強姦《ごうかん》されたんだよね」

「お……おお……」

一転して暗い声。どんよりと落ち込んだアイの顔。

彼は、込み上がる笑いを必死に堪えた。

よしよし、ここから、アイを虐め抜いてやる。

「アイ。その場で、お尻をこっちに向けろ」

「はい……。お坊ちゃま」

うつむいて、悲しげな顔で、アイは、返事をする。

「坊ちゃま、これでよろしゅうございますか？」

アイは、スカートをめくり上げて、パンティを太股《ふともも》まで降ろす。

そして、お尻を一郎の方に向けた。

「駄目だな。両手で開け」

「開くのでございますか？」

「当たり前だ。僕は、お前のお尻の穴が見たいんだよ」

「……は……い」

アイは、両手でお尻を左右に広げる。

桃のようなぷっくらとしたお尻が広げられ、その中にシワシワのアイの後ろの穴が露《あら》わになった。

「そうそう。それでいいぞ。ああ、そうだ。アイ、話は変わるけど、今日から、僕のことを旦那様と呼べ」

「旦那様……で、ございますか？」

アイは前屈《まえかが》みになった頭を一郎の方に向けた。

不思議そうだ。

「はい……」

「クックックッ。わかればいいんだ。……でも、それにしても、お前のお尻は凄いな」

小さな傷口が一カ所、見える。晋平の凌辱棒をくわえ込んで、切れてしまったのだろう。

「私の……で、ございますか」

「晋平のは結構、大きかっただろう。それをくわえ込むお前もお前だが……よほどお前のお尻は都合良くできているなぁ」

ニタニタといやらしく笑いながら、一郎はアイを見た。

アイの頬《ほお》は、真っ赤に染まり、瞳は潤んでいた。

彼女は、常日頃から泣き虫なのだが、今回の涙は、その趣が少し違うようだ。

「ウッ、ウッ、ウッ……」

唇を噛みしめて、必死に堪えている。

「どうした、アイ。どうして、泣かないの？　節子から虐められた夜も、すぐに泣き出してしまったじゃないか」

「……節子……さん……？」

アイの瞳が大きく開かれる。

「どうした？　何を驚いているんだ？　お前の本心なんか、僕にはお見通しなんだよ。ねえ、玉《たま》の輿《こし》ねらいの公衆便所さん」

「……ん……。フゥ……」

アイが、数回、深呼吸をする。全身を震わせながら、何かに耐えている。

「坊ちゃま。もう、それ以上は……どうか、ご勘弁下さい」

「いや。勘弁できないな」

「なら、アイは、どうすればいいんですか？」

「フフフッ。開き直る気なの？」

「いったいどうやって？　節子さんとの喧嘩《けんか》を見たんですか？」

「だから、いったろう。ぼくは、お前たちのことなんか、全部お見通しなんだよ」

「……………」

「クックックッ……。見せてやるよ。こっちを見ろ」

アイは、一郎にいわれるまま、振り返った。

パンティは、太股の辺りで止まったままだ。

大きな瞳は、涙を溜め、両手は祈るような姿で、強く握りしめられて胸元にあった。

一郎は、ニタニタと笑いながら、ビデオデッキのスイッチを入れた。

ちょうど、アイが晋平に凌辱されているシーンが映る。

画像の中のアイは、既に気絶していて壊れた人形のようにガクガクと晋平にされるがままになっていた。

「ほら、良くみなよ。自分が気絶している顔なんか、そんなに見られる物じゃないからね」

「……ビデオ……」

「お前が節子と喧嘩したのは、この後だったか、前だったか？」

「お許し下さい。お坊ちゃま……、いや、旦那様。節子さんと言い争いになって……。あの時は、本気じゃないんです。つい、その……頭に来てしまって……」

「そういう時こそ、本音が出るんじゃないのか？」

「……ち、違います……」

「お前が、僕の妻の座を狙《ねら》っているというのなら、それは、それでかまわないけどねぇ。でも、節子のいう通り、公衆便所は、嫌だな」

「……お便所でも、なんでも……アイは、旦那様の仰るとおりに致します」

「そうか……。認めたか……」

「どのような罰でも、どのようにでも……。旦那様。どうか、アイを、お側《そば》に……このお屋敷に居させてください」

ポロポロと流れるアイの涙。

真剣なアイの目つきに、一郎は正直、たじろいだ。

「なんだこいつ。こんなに真剣に、置いてくれだのなんだの……。どういう女なんだ？そんなに、この館にいたいのだろうか？」

と、考え込んでしまう。

「旦那様、お願いいたします」

深々と頭を下げるアイ。

下げた反動で、床にアイの涙がボトボトとこぼれる。

「よし、お前に罰を与えるよ」

「……罰……でございますか」

「アイ。この館には、そこここの部屋に、鎖がおいてあるだろう」

「……はい……」

「お前の部屋から、鎖を持ってくるんだ」

「……どの程度……でございますか？」

「全部、持ってくるんだ。そして……」

「……」

「お前が針を刺して遊んでいる人形も持っておいで」

「だ……旦那様ぁ……。グスッ。ウウゥゥゥ……」

アイはその場に座り込んで泣きじゃくり始めた。

涙と嗚咽《おえつ》は、いつまで経《た》っても消えそうもない。

「アイ。いい加減に泣きやめ。早くしないと、許さないぞ」

「ウ……、ウゥゥ……。は、はい……」

フラリと立ち上がるアイ。

足を引きずるように一郎の部屋を出ていく。

「愚図な女だ……」

一郎は、テレビ画面に目をやる。

そこには、気絶したまま、ガクガクと身体を震わせているアイの無惨な姿が映っている。

「ここまでされて、我慢するなんて、普通じゃないよな」

一郎は、そんな、普通じゃないアイに対して、どんな折檻《せっかん》をしようか考えていた。


ガャッ、ジャラ、ジャラ、ジャラ……。

床に、ワッカの付いた鎖が置かれた。

「旦那様、お持ちいたしました」

そして、アイは、人形を一郎に手渡す。

「よし」

人形を受け取りながら、一郎は、ゆっくりと立ち上がる。

「！」

アイは、大きな瞳を一段と大きく開いて、一郎の姿を見た。

「どうした？　何を驚いているんだ？」

「だ、旦那様……。あ、足……足……」

「フッ。お前たちを騙《だま》していたんだよ。今頃気づいたのかい？」

「そ、そんな……どうして、そのような必要が……？」

「そんなことはどうでもいいんだ。アイ、僕の前で四つん這《ば》いになれ」

「……はい……」

アイは、何の抵抗もしない。

「いいぞ、クックックッ……それでいいんだ」

一郎は、まず、アイの腰から下を引き裂いてすべてを露わにする。

四つん這いになっているアイのお尻からは、黒く艶々《つやつや》とした茂みから膨らみまでがすべてむき出しになっている。

「よし……まず、両手を繋《つな》ごう」

一郎は、鼻歌交じりにアイを縛り上げる。

太股とふくらはぎは折り曲げたまま、ベルトで止めてしまう。

首には太めのワッカを付けて、その先端の鎖を手にする。

「ハハハハッ、ハハハハハハッ。いいぞ、アイ。見事に犬だ」

「……はい」

「アイ、泣いて見ろ。お前は、何かといえばすぐに泣くだろう。犬になってしまえば、いつでも泣けるよ。ほら」

「……ウッ……グスッ……クスンッ……、わ、わん……」

「声が小さいな」

「わ、わわん。わんわん。あん、あん、わわわわん！」

「あははっ、いいぞいいぞ。それでいいんだ。お前は犬だ。いいか、一生、犬になるんだ」

「わん。旦那様。ワン」

笑いながら、一郎は、ズボンのチャックを降ろす。

そして、凌辱棒を付きだして、

「さあ、アイ。舐《な》めるんだ」

「わん」

「いいか、犬は犬らしく、両手を使ったりするなよ。口と舌で僕の凌辱棒をまさぐって、ペロペロと舐めるんだ」

「わん」

アイは、両膝《りょうひざ》を床に着いたまま、上半身を起こして、天井に向かってそそり立っている一郎の凌辱棒を下から上に舐めあげる。

そして、器用に口を絡めると喉《のど》の奥まで飲み込んでは、舌でかき回し、離しては舐めあげる。

「ん、んん、ん、ん、んん、ん……。グチャッ。クチュッ。ング、ング、ング……」

「アイ。両足を少し開いて見ろ」

「んん。んん……」

アイが股間《こかん》を開く。すると、茂みに滴っていたアイの愛液が、床にポトポトと滴り落ちる。

アイの瞳は、キラキラと潤んでいた。

感じているのだろう、それは、滴る愛液の量でわかる。

何よりも、屈辱的な行為を強要されているにも関わらず、アイは、心なしか、喜んでいるような気がする。

「アイ、お前、喜んでるんじゃないのか？　お前、ひょっとしたら、こういう扱いをされるのが好きなんじゃないのか？」

「……」

アイは、フェラチオを止めると、うつむいてしまう。

そして、意を決したようにこういう。

「はい……。アイは、ひょっとしたら、そうなのかも知れません」

アイの潤んだ目が、その言葉の真実を教えてくれる。

「なんだか、罰になってないな……」

僕は、もっと、アイの違う反応を期待していた。

泣き叫んだり、狂ったように暴れたり。

そんな、雰囲気は微塵《みじん》も見られない。

「アイ。お尻を突きだして……」

「ワン……」

楽しそうにアイがお尻を突き上げて、左右に振る。

「よし」

一郎は、そういいながら、アイの縦に割れた密壺《みつつぼ》を指でなぞった。

「い、いゃあん。だ、旦那様。そ、そこは……」

「なんだい、アイ」

「そ、そこは、旦那様……いや、大旦那様から、止められております」

「そんなことは、どうでもいいだろう」

一郎は、グチャグチャに濡《ぬ》れているアイの密壺の中に、ゆっくりと、人差し指を入れる。

「あ！　んんん！　んんんんん」

のけ反りながら、アイが声を上げる。

「ハアッン。だ、旦那様ぁん」

「今日から、ここは、僕のモノだ。いいか、アイ」

「ンッ……クゥッ……。は、はい。だ、旦那様」

前戯の必要などどこにもない。アイの密壺は、ぬめった透明の液で満たされていた。

「入れるよ」

「ん、んん。は、はい。旦那様……」

一郎は、床に両膝を着いて、ゆっくりと凌辱棒を背後から入れる。

「ハアッ！　んんん、入ってくるう。だ、旦那様がぁ、アイの中に、入ってくるぅ……」

一郎は、ゆっくりと、アイの密壺の奥まで剥《む》き出しの凌辱棒を入れた。

「んんん。んんんん。だ、旦那様。気持いい。気持いいい……」

「はぁっ、はあっ、はあっ、はぁっ……！」

一郎は、思いっきり、腰を前後させて、アイの身体を突き飛ばすかのように凌辱棒を前後させた。

「あっ、くぅん。ああ、あああん。あ、あ、あ、あああん。嫌、嫌ぁ。変になっちゃう。初めて、こんなの、初めてですう」

「いいぞ。アイ。ぼ、僕も、気持いいぞ、気持いいぞ」

一郎は、つい、手元に力が入り、アイの首につながっている鎖をグイグイと手前に引いてしまった。

「カハッ！　クッ、苦しい！　ゲホッ」

両膝を床に着いたまま、アイは、背後から首を引き上げられる形になる。

「それ、それ。よがれ、よがれ。声を出せ」

一郎は、アイのことなど、気にもとめず、グイグイと引っ張っては、激しくピストン運動を繰り返した。

手元で、グイと鎖を引くと、アイの密壺が強く締まる。

一郎は、まるで玩具《おもちゃ》を弄《もてあそ》ぶようにアイを凌辱し続ける。

「ゲッ！　ハアッ！　だ、旦那……さ、ま……。グッ。ブッ。す、好……きです。一……郎……様。ゲッ。ど、どんな……仕打ちも……。ブッ。グッ」

アイの顔から血の気が引き、次第に青くなっていく。

彼女の両手は、水中で泳ぐ犬が、犬かきをするように空中でバタバタと動いていた。

「それ、よがれ。気持いいか、アイ。お前は、犬だ。僕の犬だ！」

「ゲボッ。ゲボッ。グ、グ……」

そして、一郎は、ついに絶頂に駆け上る。

その瞬間、一郎は、力一杯、鎖を手元に引き上げた。

「グ！」

アイが、口から泡を吹いて、白目を剥き気絶する。

床に、力無く、ぐったりと倒れ込んでしまった。

全身が、ピクピクと痙攣《けいれん》している。

「死んだかな……？」

一郎は、虫か何かが息絶え絶えになっている程度にしか、感じなかった。

ゼイゼイと、荒い息をしているところを見ると死んではいないようだ。

「ヒューッ、ヒューッ。ヒューッ、ヒューッ……」

苦しそうなアイの呼吸音が聞こえる。

ヌルッ……と、一郎は、凌辱棒をアイから抜いた。

ドロドロに汚れた凌辱棒。

白濁の液と、透明のぬめり、そして、処女のしるし。

一郎は、気絶しているアイに、語りかけた。

「やっぱり、初めてだったんだ……。でもアイ、僕も初めてなんだよ」

手には、もちろん、針だらけの人形を持っている。

生まれて初めて、女を貫いた。

どんなものなのか、想像もできなかったが、経験してしまえば、何のことはない。

さて、これからどうするか？

いずれにせよ、この館は、すぐに引き払うことになるだろう。そう、パパがいっていた。

「そうだ。引き払う前に、この館の女、全員に復讐しなきゃ……」

一郎は、そう思う。では、次は、誰だ？

「あれだよな。あれ……あれを手に入れておかなくちゃ」

一郎は、ニヤリと笑った。

第六章　媚薬という名の背徳へのきっかけ

ルミの部屋、客間……つまり洋子の部屋。

ふたつを回ってみたが、誰もいない。

「真っ昼間から風呂かな？」

一郎は、浴室に行ってみた。

はたして、脱衣所には、二人の服が脱ぎ捨てられている。

風呂場と脱衣所を遮る曇りガラスのドア越しに、二人の声が聞こえる。

「ウフフフフッ……」

「ルミさん……。綺麗《きれい》な身体……」

「そんなこと無いよ。洋子の方が、ずっと女らしくて綺麗だよ」

「……そ……そう……なの？」

「私の身体みたいに筋肉でゴツゴツしてたら、やっぱりねぇ」

「でも……好き……」

「洋子……」

湯気の向こうで二人が抱き合っている。

抱擁、そして、キス……。

そんな時、一郎が、ノックする。

「だ、誰？」

ルミの厳しい声が返ってきた。

「一郎です」

「なんだ、坊ちゃんか。どうしたのよ。今、入浴中なのよ」

「大事な話があるんですよ。すぐに来て貰《もら》えませんか？」

「大事な話？」

「ええ。とても大事な話なんです。パパから、みんなに伝えるようにいわれてるから」

「わかったわ。リビングで待ってて」

「はい」

一郎は、急いで食堂に向かう。

そして、冷たいオレンジジュースを用意する。

その、ジュースの中に、ドロドロした液体をスプーンで入れると丹念にかき混ぜた。

「へえ……案外、簡単に溶けるんだ」

と驚くほど、水飴《みずあめ》よりは柔らかいが、それなりの抵抗を感じる薬は、冷たいジュースに流れるように溶ける。

まるでガムシロップを入れたときのようだ。

そして、一郎は、車椅子に乗ったまま、何食わぬ顔で、二人を待った。

「あーあ。いいお湯だった」

タオルで、顔を拭《ぬぐ》いながら、ルミが入ってくる。

その後ろに、バスタオルで、髪の毛を拭きながら洋子が歩いている。

「なあに、お坊ちゃま。大切な用事って」

ニタニタと笑いながらルミは、腰掛ける。

洋子も隣に座る。

「取り敢えず、冷たいモノでも」

一郎は、二人にジュースを勧めた。

「ふーん。あんたが、こんな事するなんて、珍しいね。初めてじゃない」

そういいながら、ルミは、一気にオレンジジュースを飲み干す。

洋子も、両手にコップを持って、ゆっくりと飲む。

「フゥ……。美味しい。ありがとう。美味しかったわ」

ルミが笑う。

洋子は、ゴクゴクとまだ飲んでいる。

「で？　話って何？」

「実は、ルミさん。あなた、クビなんですよ」

「え？　それってどういうこと？」

洋子も、驚いてコップをテーブルに戻す。しかし、既にほとんど飲み干していた。

「あんたに何の権限があって、そんなことというのよ。なに？　会長がそう仰ったの？」

「フッ。僕の権限ですよ」

「アハハハハッ。冗談じゃないわ。あーあ。しらけた。坊やが何を言い出すかと思ったら、そんなこと、大人の話に首を突っ込むんじゃないわよ」

「ルミさん。あなた、レズなんですよね」

「ふぅ……、それがどうかしたの？」

「だから、パパは、同性愛が嫌いなんですよ」

「それで？」

「僕が、パパに事実を話せば、あなた、完全にクビですよ」

「……そ、そうなの」

ルミは、唇を噛《か》みしめる。怒りに耐えているようだ。

「……ど……どうすれば……クビ……無くなるの？」

今まで黙っていた洋子が、一郎の方を見る。

「洋子さんの方が、賢いですよ。そこが、ポイントですよね」

「クッ……。何よ、偉そうに」

「私……ルミさん……好きだし……。ルミさんが……可哀そうになるの……嫌」

「フフフッ。まあ、僕の気持ち次第って所なんですよ」

「き、貴様……。汚い奴。そこまで汚いとは思わなかったわ」

「フフフ……。なぁんだ……。したいんでしょ……」

洋子が、スッと立ち上がる。

「ち、ちょっと、洋子ちゃん。なにすんの？」

「だって……。一郎さん……。セックスすれば……いいんでしょ」

「ハハハハッ。洋子ちゃんは、勘がいいなぁ。その通りですよ」

「私……私だったら……いいよ。もう、怪我……治ったみたいだし……」

洋子は、スカートをまくり上げて、パンティ越しに自分の股間《こかん》を指さす。

「だ、駄目よ。洋子。こんな、バカ、相手にすること無いよ」

「いいよ……私……。ここで……するの？」

洋子は、テーブル沿いに、一郎に一歩、近づこうとした……が。

「あれ？　どうしたん……だろう？」

足がもつれて、歩けない。

「馬鹿野郎。この変態！　そんなことで女の子を自由にできると……思ったら……」

ルミがすっくと立ち上がり、そういいかけたが言葉がとぎれる。

「……あれ？　こ、この野郎……。私は……別に………」

二人は、リビングの床に、倒れ込んでしまった。

「フフフッ。さすがに効くなぁ、さすがは、仁科先生の媚薬《びやく》だ。でも、量が多かったのかな？　二人とも気絶しちゃった」

一郎は、車椅子から立ち上がると、ワッカを手錠のように使って、ルミの両手を後ろ手に締め上げる。そして、両足首には、鎖付きのワッカを付けて、自由を奪う。

「洋子はいいか……。特に何もしなくても……」

一郎は、洋子をリビングのテーブルの上に乗せた。

そして、パンティを脱がせる。

スカートをめくり上げて、両太股《ふともも》を大きく開く。

止血用のタンポンだろうか？　洋子の密壺《みつつぼ》から白い糸が一本、出ていた。

「へえ……。これがタンポンかぁ」

彼は、不思議そうな顔で、糸をゆっくりと引く。

ズル、ズル……と粘るような感触。

軽い抵抗感をともないながら、タンポンがゆっくりと出てくる。

「ん……。あああん……」

洋子の吐息。

「誰？　……なに？　……はっあああん……」

タンポンがボトッと湿った音をたてて、テーブルの上に落ちる。

血は一滴も付いていない。それよりも、密壺から糸を引いている透明の液体が気になる。

「これって、愛液なのかな？」

一郎は、洋子の密壺に指を入れてみた。

「はっ、あああああん……」

洋子は目が覚めたようだ。しかし、完全にというわけではない。

頭を左右に振り、目をしばつかせる。

焦点も定まらず、フラフラしている。

「い……一郎……さん……？」

「洋子ちゃん。感じてるんだね」

「そ……そんなこと……。私……何も……してない……し」

「だって、ほら、見てご覧。君の密壺から、こんなに滴ってるよ」

一郎は、洋子の愛液を指ですくうと、彼女の目の前に持っていった。

「ほ……ほんと……。どうして……？」

「君がHが好きだからだよ」

「嘘《うそ》……。私……好きじゃないよ」

「だって、輪姦《りんかん》されても平気なんでしょ。男のザーメンが好きだから平気なんだよ」

「嫌……。そんな……言い方……」

「男が好きだからだよ。ここに、凌辱棒《りょうじょくぼう》を突っ込まれるのが、何よりも好きだからだよ」

「お願い……します……。そ……そんな……言い方……しないで……」

「ほら」

一郎は、洋子の密壺に、指を二本入れた。

それは、簡単に根本まではいる。

洋子は、身体をのけ反らせて反応する。

「ヒッ、いやぁあああ！」

「どうしたの？　洋子ちゃん」

「痺《しび》れるぅぅ。か……感じる……。感じるぅ！」

「じゃあ、こうしてみようか」

一郎は、指を回す。

洋子の密壺の中は、妙に肌に吸い付く感じがする。

ネバネバとからみついてくる。

「はっあああああん！　いゃあん。電気、電気みたい。電気が走るみたい」

「アハハハッ。これこれ、洋子ちゃん。媚薬だよ。楽しい薬だよ」

驚くほど敏感になってしまった洋子の身体。これが、仁科の媚薬の効果なのか……と、一郎はその効き目に感動する。

バタン。

横で何かが倒れる音がした。

洋子に夢中になっていたから気付かなかった。ルミが強引に立ち上がろうとして、倒れてしまったのだ。

「き……、貴様……。よ……洋子……に、手……手を……」

苦しそうに喘《あえ》ぎながらルミは一郎を睨《にら》みつける。

「ルミさん。ルミさんの相手は後でしてあげるから、今は、洋子ちゃんの姿を見てあげてよ」

「……く、くそう……」

「ほら、洋子ちゃん。指、増やすよ」

一郎は、三本の指を入れた。

手の甲まで、洋子の密壺の入り口が当たる。

彼の右手は、既に洋子の愛液でベタベタだ。

「ヒッィィィィィ！」

洋子の身体が、弓なりになる。そして、バタバタとバネのようにはね回る。

一郎は、洋子があまりによがり狂うために、車椅子に座ったままでは、彼女の身体を押さえることができなくなってきた。

「洋子ちゃん。回すよ。指三本だと、どんな感じかなぁ？」

「や、やぁめぇてぇ。く、苦しい……苦しいのぉ。息が、息ができないぃぃぃ」

バタバタと洋子が暴れる。

一郎は、車椅子から立ち上がった。

「……お、お前……。あ、歩ける……の……か？」

ルミが喘ぎながら、一郎を指さす。

「フン」

一郎は、ルミを無視して、洋子の腰を左手で引き寄せる。

そして、右手を密壺の中で、左右に回し始めた。

「ヒッ、ギィィィィィィィ」

悲鳴のような悦楽の声。

洋子の目は、瞳孔《どうこう》が開ききっていた。

口は、パクパクと魚のように無意味に開閉し、全身が痙攣《けいれん》している。

「や、止めろ……。し、死んだら……どうする……？」

「バカだな。どうもしないよ」

一郎は、こともなげにそういうと、ズボンを降ろす。

「や、止めて……くれ……。その子……を……それ……以上……」

ルミの唇から血がにじむ。

歯を食いしばっているのだ。

「さあ、洋子ちゃん。入れるよ」

一郎は、ルミを無視して、洋子の身体を引き寄せる。

「ハアッ、ハアッ、ハアッ……。あああん。ハアッ、ハアッ、ハアッ……」

ゼイゼイと肩で息をしている洋子。

頭を起こして、一郎の方を見る。

しかし、よく見えないようだ。

「それ。入るよ」

パクリと金魚が餌《えさ》を口に入れるかのように、洋子の密壺は、一郎の凌辱棒を根本まで簡単にくわえ込んだ。

「キィヤァァァァァ。ああ、あああん。ああ、ああ、ああ……」

全身を芋虫のように動かしながら、洋子は、反応する。

「止めろぉ！」

フラフラとルミが立ち上がる。一歩、前に出ようとするが、そのまま、前のめりに倒れてしまった。

「……ル……ルミさん。どこ？　アッ、アッ、アッ、アアン。感じるぅ。感じるぅ……」

「洋子ぉぉぉぉ！」

声を絞り出すルミ。

しかし、力が入らないせいか、かすれ声しかでない。

「アッ、アッ、アッ……、ル、ルミさん、み、見ないで……。や……あぁん……やっぱり……あっくぅ……。はずかし、恥ずかしいぃぃい。ルミさん、好き……なの、だから……見られたら……嫌あ！」

「洋子ちゃん。君のココ、凄《すご》くいいよ」

一郎は、アイの時とは違って、ゆっくりと、凌辱棒で洋子の密壺の味を楽しんでいた。

指が何本も入るような密壺。正直、ガバガバなのかと思っていたが、それは、とんでもない誤解だった。いざ、凌辱棒を入れてみると、周囲から包み込むように一郎を締め付ける。それだけではなく、凹凸があり、それが波を打ちながら一郎を責め立てていく。

「クゥ……。気持いいよ。洋子ちゃん。君って、凄いね」

「いゃあ。ル……ルミさん……。ルミさん……。ルミさーん……」

譫言《うわごと》のように洋子はルミの名前を呼び続ける。

一郎に突き上げられるたびに、腰がガクガクと動く。

壊れたゼンマイ仕掛けの人形のようだ。

「フフフッ。行くよ。行くよ」

　一郎は、腰の動きを一段と速くした。

「アーーーーーーッ！」

　もはや、悲鳴に等しい。

　絶頂を感じた洋子。彼女の声がフロア中に響く。

　そして、ゆっくりと、一郎は凌辱棒を洋子の密壺から抜いた。

　ドロッとした白濁した液体が、一郎の凌辱棒にへばりついている。

「フゥ……。気持ちよかった……。洋子ちゃんは、男から好かれるタイプだよね」

　そういいながら、一郎は、テーブル上の洋子の身体を回す。

　彼女の顔を自分の凌辱棒の前で止める。

「ほら、綺麗にして」

　一郎は、洋子の口の中に、今、抜いたばかりの凌辱棒をねじ込む。

「ん、ん、ングゥ……。ビヂャッ、ハグゥ……」

　洋子は、命令されるがままに一郎の凌辱棒を口に含んで舐《な》めあげていく。

「き……貴様……、ゆ、許さない……。許さないぞぉ」

　テーブルの下では、尺取り虫のようにルミが、少しずつ一郎に近づいてきていた。

「綺麗になったら、今度は君の番だよ。ルミさん」

　ルミに、ウィンクする。

「よし、いいかな」

一郎は、洋子の口から凌辱棒を抜くと、ゆっくりとズボンの中にしまう。

洋子はというと、口から凌辱棒を抜かれた瞬間に、テーブルの上でゴロリと横になり、気を失ってしまった。

一郎は、そんな、洋子の姿をニタニタと見下ろしながら、ルミの真横に立つ。

「ゆ、許さない……許さない……」

ルミの目には、涙が溜まっている。

噛みしめた唇から流れていた血は、口元で広がっていた。

「ルミさんには、僕のは入れてあげないよ」

そういうと、一郎は、ルミの下半身を広げる。

「や、やめろ……、やめろ……」

「フフフッ。具合はどうだろうね」

ルミの密壺の中に、指を入れてみる。

「凄いよ。ルミさん。もう、ベチャベチャだよ」

一郎は、わざと声を大きく、ルミの耳元でこうつづける。

「レズビアンでも、ここは、濡《ぬ》れるんだね。不思議だ。どうして、女の子同士のエッチで、ココが濡れるの？」

「う、うるさい……」

ルミは、身体の力を振り絞って、頭を上げると、また、一郎を睨みつける。

「恐い恐い。ルミさんに突っ込んだら、下の口で食いちぎられちゃうかも知れないね」

「……だ……黙れ……」

「とはいうものの……。さて、どうするかな……？」

一郎は、リビングを見渡す。

「そうだ」

と、イスをひとつ、ひっくり返す。

「さあ、ルミさん。立てる？」

一郎は、ルミを抱き起こす。

フラフラと腰の位置が定まらないルミだったが、何とか立つことはできるようだ。

「さあ、ルミさん。君の相手は、これだ」

彼は、逆さまになったイスの脚にルミの股間を当てた。

そして、両腕で肩を押さえながら、ルミの密壺の中に、脚をズブズブと入れていく。

「ヒッィ！　グゥゥゥゥ！」

歯を食いしばるルミ。

痛みから出る声なのか、悦楽から漏れる喘ぎ声なのか、良くわからない。

身体の重みに抵抗しながらも、腰がふらついているルミは、自分の密壺の奥まで、イスの脚を入れてしまう。

「クッ、ウウウウウ……」

「フフフッ。助けてあげるよ」

一郎は、彼女の両脇を抱いて、持ち上げる。

「ハアッ、んんんん」

顔を歪《ゆが》ませてルミは喘ぐ。

もう少しで、脚の先端が身体から出るか……というところで、一郎は、ゆっくりと押し戻す。

「ギッ、ギィィィィィィッ」

ルミの口から、悲鳴が上がる。

一番奥まで来たところで、一旦停止する。

「どう？　ルミさん。感じる？　気持いい？」

「畜生。畜生。畜生、畜生！」

ルミの頬《ほお》を伝う、大粒の涙。

「ルミさん。人間、快楽に身を任せた方がいいと思うよ。君みたいながさつな女には、イスの脚ってていのうは、よく似合ってると思うし……」

「ハアッ、ハアッ、ハアッ……」

ルミが激しく呼吸をする。

「さあ、ルミさん。抜いてみようね」

一郎は、また、ルミの身体を前に引く。

「あっあああああっ！」

ルミが、身体をのけ反らせて、声を出した。

「あっ。今の、感じたんでしょ。本気で感じたんだね」

「あっ、ああん。嫌、嫌よぉ。こんなのいやぁ」

ブツブツとつぶやくようにルミ。

「よし、速くやってみよう」

一郎は、ルミの身体を前後に激しく動かす。

「アッ、アッ、アッ。アッ、アッ、アッ。引っかかる。引っかかるぅ」

脚の先が、太くなって、クルッと回り込んでいる。

引き抜くときに、その先端が、凌辱棒のカリと同じように、ルミの密壺の壁をひっかくのだろう。

「はあん！　いい。いい。いい。アッ、アッ、アッ、アッ、アッ、アッ……」

次第にルミは、自らの意志で、身体を前後させ始める。

いつもは、ギラギラと精悍《せいかん》で、強い意志を持っているルミの目には、抵抗しようとする意志のかけらすら感じない。

口は、だらしなく開かれ、股間からは、止めどもない愛液が流れる。

それは、イスの脚全体を、テラテラと光らせていた。

「そうだよね。ルミさんには、やっぱり、屈辱的だし……」

一郎は、ルミの身体を動かすのを止めた。

中途半端な状態でルミの身体が止まる。

「ねえ、ルミさん。ごめんね。もう、止めるよ」

「どうしてぇ……。どうして止めるのぉ？」

ルミは、もう、悦楽の世界にドップリと浸かっている。

「だって、ルミさん、こんなの嫌でしょ」

「嫌……じゃない。い……やじゃないのよ。お願い。身体を……動かして、お願い」

「だったら、ルミさん一人で動かしてよ。僕、疲れちゃったよ」

「アッ、アッ、アッ……」

ルミは、何とか一人で身体を前後させようとした……が、しかし、上手く動かない。

「……お、お願いします……。どうか……お願い……します。して。ねえ、して」

「まったく、仕方ないなぁ。君みたいな女をメス豚っていうんだよね。きっと」

「メス豚……でも……いいよぉ。お願いしますぅ。気持いいの。気持いいのよぉ」

「クスクスクスッ……。媚薬に負けたね。ざまないや」

一郎は、笑いながら、ルミの身体の動きを手伝った。

そう……、もはや、彼がルミの身体を動かしているのではなくて、ルミの求める動きを手助けしているに過ぎない。

「はあん。はあん。はあん。イス。いい、気持いい。いいの。堅くて……いい。いい。いいのぉ」

ルミは、イスを貪るように身体を動かし続ける。

何度も、何度もエクスタシーに達しているようで、時々、ブルブルと身震いをする。

「ハアッ、ハアッ、ハアッ……」

「ルミさん。もう、いいよね」

あまりに快感に貪欲なルミに呆《あき》れて、一郎は、ルミを床に放りだした。

「ゲハァッ」

横倒しになり、受け身も取れなかったルミは、無様な声を上げながら身体を痙攣させる。

どうやら、そのまま、気を失ってしまったようだ。

「いいざまだよ。ルミさん」

一郎は、ゲラゲラと笑いながら、リビングを出る。

コンコン……。コンコン……。

一郎は、ドアをノックする。

「…………」

返事がない。

彼は、ゆっくりと扉を開けた。

「クーーーッ。スーーーーッ……」

節子が寝ている。

「節子さん。節子さん」

一郎は、節子の身体を軽く揺さぶる。

「ん……。ムニャ……ムニャ……。なぁに……」

「節子さん。僕だよ」

「誰？　時任……さん？」

節子は、眠い目をこすりながら、ブランケットに潜り込んだまま、顔だけ、一郎の方に向ける。

「ん……？　あんた……？」

「節子さん。起きなよ」

「なによ、あんた……。レディの部屋に……それも、寝てるのに……なんの用なのよ」

不機嫌そうな声。

「大事な話があるんだ」

「もう、後にして。今、眠いの」

「まったく……。仁科先生が地下牢《ちかろう》にいるからって、怠慢だなぁ」

一郎は、ニタニタと笑いながら、腕組みをして、節子を見下ろす。

「あれ？　あんた。車椅子は？」

ようやく、節子は、状況の変化に気付いたようだ。

何事なのだろう？

彼女は、上半身をベッドから起こす。

「あんた。どうしたの？　歩けるの？」

「そうだよ。歩けるようになったから、報告に来たんだ」

「…………ふーん。良かったね」

そういうと、節子は、また、ベッドに潜り込む。

そして、

「そいじゃあ、お休み」

と寝てしまう。

「フフフッ……。確か、この部屋にもあるはずだよな」

一郎は、部屋の端々を探す。そう、鎖が収納されている棚だ。

「あった、あった……」

一郎は、堅く閉ざされた扉を開く……と、そこには、目当ての鎖は入ってなかった。

「なんだぁ。これ？」

しまい込まれた袋を開けると、そこには、フェルトの布地や、針金、ラメなどという裁縫用の道具や材料がギッシリと隠されていた。

「フーン。節子は、鎖を捨ててしまって、こんなものを入れていたんだ」

「……ん。んん。ねえ、あんた。早く出てってよ」

気怠《けだる》そうに背中を向けたまま一郎に文句をいう。

「わかったよ。用事が済んだらサッサと出ていくよ」

一郎は、袋の中から針金を取り出すと、ゆっくりと、足音を忍ばせて節子に近づく。

「キャア！」

一郎は、節子からブランケットをはぎ取ると、両腕を背後に引っ張り上げた。

「痛い！　なにすんのよ！　止めて。止めて！」

「フフフッ。今から、楽しいことするんだから、少々、痛いのは我慢してよ」

一郎は、針金で節子の両腕を背後に巻き付ける。

「いやん。何よ。止めて、バカ。このバカ！」

ベッドの上に、両腕の自由を奪われて転がされている節子。

それを一郎は、楽しげに見下ろす。

「ねえ。冗談でしょ。こんな、こと……。早く、針金、外してよ」

「そうだね。冗談じゃなきゃ、こんなことしないよね、普通」

「アハハッ。もう、きついんだから……」

虚勢を張る節子の笑顔は、引きつっている。

「あんたみたいな卑屈な男が、一番恐いのよ。突然、何をするかわからないでしょ」

「そんなこと無いよ。僕なんか、理性的で、悪いことなんか何もしないもの」

「そ……そうよね。きっと……」

「さあ、取り敢えず、食堂に行こうよ」

「ちっ、ちょっと待ってよ。痛い！　離して、針金、取ってよ」

一郎は、縛り上げた針金をつかんで、節子を立たせる。

上半身には、ダボダボの寝間着。下半身は、パンティだけという格好だ。

「な、なにするの？　ねえ、食事だったら、きちんとしないと。服を着させてぇ」

もがく節子を無視して、一郎は、そのまま、廊下に出る。

そして、背後からグイグイと節子を押しながら、食堂へと導く。

「そうだ。節子さん。いいもの、見せてあげる」

一郎は、リビングに入る。

「！」

目を見張る節子。

ワナワナと口が震えて声も出ない。

洋子はテーブルの上で、ルミは、床に転がって、下半身剥《む》き出しの状態で、気絶している。二人とも、股間から太股にかけて、愛液がドロドロと流れている。

何をされたか？　一目でわかる状況だ。

「ね、ねえ。何が起こったの？」

節子は、振り向きながら一郎に問いかける。

「フフフッ。面白かったよ。ルミさんも、洋子ちゃんも、ビクビク痙攣しながら、行っちゃうんだもの。女の身体って面白いね」

「あんたが……やったの……？」

「そうだよ」

「酷《ひど》い……」

「そうかな？　二人とも、楽しそうだったよ。最後は、よがり狂っちゃって、自分から腰、振ったりしてね」

「…………」

節子は、頭から血が引いていく自分に気付いた。

きっと、自分も、彼女たちと同じことをされる。

それは、間違いないだろう。

「ね、ねえ。ル、ルミなんかは、あなたのこと、無茶苦茶いってたじゃない。そうよね。それに、洋子は、ルミと仲、良かったし。二人とも、憎かったんでしょ」

「そうだね」

「キャハハハハッ。そうよね。わ、私なんかなんてこと無いわよね。か、看護婦でしょ。あなたの面倒《めんどう》も、見てきたしぃ。旦那様の面倒なんかも、健気《けなげ》にやってたじゃない。だから、ねえ」

「だから、なに？」

「私に、酷いことしたりしない……よね？」

「それは、どうかな。節子さんは、仁科の次に嫌いだからね」

「うっそお。嘘よね」

一郎は、食堂に節子を連れて行く。

テーブルに大の字に針金で縛り付けた。

細い針金が、節子の肉に食い込んで、痛々しい。

「お願いよぉ。私、痛いの嫌いなのぉ。血を見るのも嫌だし……」

「さて、どうしましょう。節子さんには、散々、虐められたし……」

「ごめんなさい。許して。反省してるから、それに、ほら、私の場合、軽口はスキンシップみたいなモノじゃない。別に、何も一郎さんだから軽口叩《たた》いてた訳じゃないでしょ……。ねえ、聞いてるの？　ねえ、何してるの？」

一郎は、何食わぬ顔で、厨房に入る。

広々とした厨房。

「僕は、簡単な料理しかできないからなぁ」

ガスコンロのスイッチを入れると、卵を取り出した。

ジャーッという、油が焼ける音。

それを食堂から聞いている節子は、必死に彼に話しかけ続ける。

「お願い。変なことしないで。うん。わかった。今度は、ちゃんと口に出してもいいよ。我慢するからぁ。飲み込んだらいいんでしょ。男の人って、それがいいんでしょ。舐めてあげるから。もう、お尻《しり》の穴まで、舐めあげてあげる！　だから、ねえ、聞いてるのぉ」

節子の声が次第に涙声になっていく。

これから、自分が何をされるのか、恐ろしくてしようがないのだろう。

「節子さん。できたよ」

「な、なぁに？　何ができたの？」

「僕の食事」

「ハァ……。良かった。一郎さん。食事、作ってたのね」

安心して節子は、深く息を吐く。

「それは、そうよね。私みたいな女の子に、酷いことするわけないわよ。一郎さんってきっと、そんな人だと思ってた……」

「そうだよ。わかってるじゃない」

「なにを作ったの？」

「ベーコンエッグだよ。それに、フレンチトースト」

「素敵。エヘヘヘッ。私も食べたいなぁ」

「そう？　節子さんも食べる？」

「うん。だから、ね。針金、ほどいて」

「よいしょっと」

一郎は、フライパンを節子の身体の上にかざす。そして、斜めにする。

「キィャァアアアアア！」

節子の腹の上にできたてのベーコンエッグが、滑り落ちる。

「あっ、熱いぃぃぃぃぃ。熱い！　いゃあああああ！」

反り返る節子の身体。

もがいてベーコンエッグを振り落とそうとするが、いかんせん、針金で身体の自由が利かない。

「フレンチトーストもあるよ」

そういうと、一郎は、白い皿からフレンチトーストをベーコンエッグの横に落とす。

「熱いいいいい！　酷い。熱い！　バカ！　変態！　チンカス！　オナニー男ぉぉぉ！」

節子は熱さに耐えかねて、身体をバタバタと動かす。針金が、グイグイと自分の肉に食い込むだけで、何一つ、振り落とすことができない。

「節子さん。あまり動かないでよ。食べにくいじゃない」

「ウッッ。ウッエェェエエン。酷いよぉ。ヒック。酷いよぉ！」

節子は、大声で泣き始めてしまった。

「さあて、食事にしよう」

一郎は、何食わぬ顔で、ソースをベーコンエッグにかける。

それをナイフとフォークを使って、美味そうに食べ始めた。

「キッ、キィィィ。痛い、ねえ、ナイフ。切れてない？　私のお腹。切れてない？」

一郎は、ナイフの跡をのぞき込んでみる。

「そうだね。少し、血が出てるかも」

「染みるの。ソースが、傷口に染みるのよぉ」

「美味しい？」

「美味しいわけない！」

節子は、涙声で叫ぶ。

一郎は、節子の身体の上にあるベーコンエッグとフレンチトーストをペロリと平らげてしまった。

コーヒーを飲みながら、

「うーん。もうちょっと面白いかと思ったけど、大したこと無かったなぁ」

と天井を見上げる。

「ねえ。もういいでしょ」

節子がすがるような目で、一郎に訴えかける。

「そうだなぁ。もっと、面白いこと無いかなぁ」

節子の腹は、軽い火傷《やけど》で赤く染まり、ところどころ、ナイフの切り傷で、血の筋ができていた。

「これでお腹、包丁なんかで切っちゃったら、猟奇殺人事件だね」

「……う……。そ、そんな……」

真顔で、節子が呻《うめ》く。殺されるかも知れない。そんな気がした。

「バッカだなぁ、節子さん。僕は、節度ある人間だよ。そんな、馬鹿げたまねするわけないよ」

「……そ、そう……よね」

「よし、食後のデザートにしよう」

一郎は、また、厨房に入っていく。

そして、器にキューブアイスを山のように盛ってくる。

「ねえ、もう、堪忍してぇ。何でもする。なんでもします。だから、許してよぉ」

「食後は、冷たいモノと相場は決まってるよ。節子さんも楽しんで欲しいなぁ」

一郎は、サイコロ状のキューブアイスを指につまむと、節子の密壺の中にゆっくりと挿入する。

「ヒッィィィィイイ！」

もはや、言葉にならない。節子は絶叫する。

「クスクス……。何個入るかな？」

「冷たい！　嫌、嫌、嫌、嫌ぁぁぁぁ！」

プッ……と、氷が節子の密壺から吐き出される。

ツルツルとしたそれは、テーブルを滑り、床に落ちる。

「へぇ……、凄いじゃないの」

面白そうに、一郎は節子の顔を見る。

「節子さん。すっごい特技だよ、これ」

「ねえ、もう、嫌よぉ」

「フフフフッ。その、悲しい顔、素敵だよ」

一郎は、次々に氷を節子の密壺の中にねじ込んでいく。

「ん、グゥウウウウ。冷たいぃぃぃ。ヒィィィィ」

節子は、首を左右に激しく振りながら、悲鳴を上げ続ける。

「うーん。これで、何個目だろう」

取り敢えず、これ以上は入らないというところまで、氷を入れ終わった。

密壺の小さな隙間《すきま》から、透明の氷が頭を覗《のぞ》かせている。

「ウェェエエエェン。酷いよぉ……。ウエエエエン。ヒック……、どうしてぇ。グスッ……どうしてぇ、こんなことするのぉ？　もう、止めようよぉ」

泣き叫ぶ節子をやはり無視して、一郎は、また、腕組みをする。

節子の体温で暖められた氷は、瞬く間に溶けているようだ。

彼女の股間から、水が流れ、テーブルの上に広がっていく。

「節子さん。これ、なんだかわかる？」

一郎は、仁科の部屋から持ち出した薬瓶を彼女の顔の前にちらつかせる。

「……グスッ……。そ、それは……？」

「ヒント。仁科先生」

「ハッ！　それって、あの？」

「さすがに察しがいいね。そうだよ。仁科先生が狂っちゃった媚薬だよ」

「…………………」

「確か、一度試してみたいとか、いってなかった？」

節子は、首だけ左右に振る。

「フフフッ。試してみようか？」

一郎は、笑いながら節子のアゴに手を当てる。

「フムムムッ。ムムムッ。ムムム」

節子は、口を堅く閉じて抵抗するが、無理矢理、口の中に流し込まれてしまう。

「ゴボッ、ゴフッ。ゴフッ！」

咳《せ》き込みながら、節子は、ドロドロとした液体を飲み込む。

「ゴフッ。ゲフッ。ねえ、ちょっと、それ、原液でしょ。ゴフッ。今、私、どのぐらい飲んだの？」

悲しそうな声。

「さあ？　どうだろう。三分の一くらい、飲んだのかな？」

「さ、三分の一？」

節子は絶句してしまう。

「さて、薬の効き目がわかるまで、よそに行こう」

一郎は、スタスタと歩き出す。

「駄目よ！」

声を振り絞って節子。

「駄目！　早く、吐かせて。お願い。吐かないと死んじゃう！　あんた、人殺しよ！」

「フフフッ。大丈夫だよ。薬は薬でしょ。死んだりしないよ」

「違うの！　劇薬なのよ、それ。飲み過ぎちゃったら死んだりするのよ」

「大丈夫だよ……。きっと……ね」

「この馬鹿野郎！」

体中の力を振り絞って、節子が絶叫する。

「お大事に……」

一郎は、知らぬ顔をして部屋を出ていった。

リビングの方を覗いてみると、ルミと洋子は二人とも、まだ、気絶しているようだ。

「いよいよ、あいつか……」

一郎は、胸を躍らせる。
今まで、ずっと、我慢してきた。
何かにつけて母親面して、偉そうに説教を垂れてきた女。
仁科のいる地下牢へと、彼は、はやる心を抑えながら、ゆっくりと歩いた。

第七章　最後のメス豚の悪臭は、欲情をそそる

ギィ……。

地下牢《ちかろう》の重い鉄の扉を開く。

どんなに丁寧に開いても軋《きし》む音はごまかしようがない。

「まあ、いいか。どうせ、おかしくなってるんだから……」

一郎は、ほくそ笑む。

あの、お高く止まった女が、狂っている所をなぶり者にしてやるのだ。

「誰？　あなた？　新造さんなの？」

「え？」

「あなたなんでしょ。早く来て。出してよ」

「正気に戻ってる！」

一郎は、耳を疑った。

昨晩、いや、今朝まで男を求めて叫んでいた女が、平然とした声で、呼んでいる。

「ねーえ。あなた。早く出して頂戴」

「仁科先生。僕です」

「あら、あんただったのね」

両手両足を鎖につながれ、地下牢の中のイスに腰掛け、足を組んでいる仁科が、ケロッとした顔で、一郎を一瞥《いちべつ》した。

「先生。正気に戻ったんですか？」

「アハハハハッ。何を言ってるのよ、お馬鹿さんね。私はいつも正気よ……て、あなた、歩けるの？　車椅子は、どうしたの」

一郎が二本足で立っている姿を見て、仁科は、目をみはる。

「ああ……これですか。今朝、立てるようになったんですよ」

「フーン。そうなんだぁ。良かったじゃない。元気になって」

「おかげさまで……」

「そうそう、そんなことより、早く開けて」

「ああ……そうですね」

「うーん。それにしても変よねぇ。なんだか、いつも、気を失うとこうやって、この地下牢に閉じこめられているのよ。これで、確か……何回目だったかしら？」

「記憶にないんですか？」

「おまけに、なんだか、男の精液でベトベトだし……。犯された形跡もあるのよ。ほら」

仁科は、組んだ足を開くと、股間《こかん》を剥《む》き出しに、一郎に見せた。パンティは履いているが、その密壺《みつぼ》にあたる部分には、ベットリと粘着質の液体の跡が残っている。

「酷《ひど》い話だわ。新造さんに、こんな趣味は無いと思うんだけど……。私の身体、新造さんの他に、誰か、悪戯《いたずら》してるのかしら？」

「そ、そうかも知れませんよ」

「あなた、何か知ってるの？　ひょっとして、あんた？」

「じ、冗談じゃないです」

そうですよ。僕は今からあなたを凌辱《りょうじょく》するのだから……と一郎は心の中で続けた。

「さあ。早く出して。鍵は、そこの壁の所にかかってるから」

「はい」

一郎は、壁にかかっている鍵を手にとる。

「そうそう。あっ。それから、その横の小さな鍵も忘れないでね。このワッカの鍵よ」

仁科は、手首を突きだして指図する。

「これですね」

一郎は、牢の鍵を開け、中に入る。

女の体臭……が、鼻につく。

数日来、仁科は、入浴してない。

滴る愛液が、あちらこちらに散らばっていることだろう。

「じゃあ、まず、鎖。外しますよ」

一郎は、壁につながっている鎖の端を見る。

大きな手回しのノブが四つ付いてる。

恐らく、これで、鎖を引っ張ったり、ゆるめたりできるのだろう。

「早くね。ああ、もう、シャワー浴びたいわぁ」

一郎は、思いっきり強く、ノブを回した。

「き、きゃあ！」

片腕を引っ張られた反動で、仁科は、イスから転がり落ちる。

「な、何するの？」

続いて、反対側のノブ。

仁科の片方の腕が引かれる。

「や、止めなさい！」

「止めないよ。先生」

そして、仁科は、両手両足を鎖に引かれ、大の字になってしまった。

「バカ！　何考えてるのよ。早く、鍵を！　このワッカを取りなさい」

「フフフン。人にものを頼むときは、もっと丁寧に頼まないと駄目じゃないかな」

「何いってんのよ！　いい加減にしなさい。早く。ゆるめなさい」

「フフフフ……」

一郎は、ほくそ笑みながら、針だらけになっているアイの人形を手にする。

そして、仁科の汚れたブラウスを力ずくで引き裂く。

「きゃあ！」

はじけ飛ぶボタン。フロントホックのブラが露《あら》わになる。

それも、力ずくでねじ切る。

ベチッ。

鈍い音と共に、フロントホックの金具がちぎれ、仁科の豊満な乳房が、露出する。

「バカ！　止めなさい！」

「元気、いいですね。先生」

一郎は、仁科の腹の上にまたがると、乳房を両手で愛撫《あいぶ》する。

「や、止めて。止めなさい」

「先生。感じてるの？」

「バカ。違うわよ。こんなことして、ただで済むと思ってるの？」

「思ってる」

左右の乳房を丁寧に円を描くように愛撫する。

「ハ……ッ。ああん」

思わず、仁科が声を上げる。少しは感じてきているのだろうか？

「まったく、女の身体は……」

節操がない、と彼は舌打ちする。

こんな状態にあっても、性感帯を刺激されると感じてしまうらしい。

相手なんか、誰でもいいわけだ。

「先生。乳首、立ってきたよ」

「嘘《うそ》！　嘘いいなさい。そんなこと無いわ」

「フフフッ。我慢比べだね」

一郎は、仁科の乳首を指先で、軽く刺激する。

ツンッと立った乳首は、明らかに仁科の今の身体の状態を現している。

「比べることもないね。先生。僕の勝ちだよ」

「止めて。止めてっていってるでしょ」

「ここ、結構、敏感なんだよね」

一郎は、そういうと、艶々《つやつや》と湿り気すら感じる乳房に、ゆっくりと、まち針を刺した。

「キィヤァアアァァ！」

頭をのけ反らせて仁科が絶叫する。

「痛いぃい。痛い、痛い。駄目よ、そんなことしちゃ。駄目ぇ！」

「もう一本、刺してみよう」

一郎は、人形から針を抜くと、反対側の乳房に今度は、サクッと素早く刺した。

「ヒッギィイィィィ！」

歯を食いしばる仁科。

「先生。痛い？」

「あ、当たり前よ！　痛いに決まってるじゃない」

「じゃあ、次、行くよ」

「ギィイイイ！」

仁科の顔は、涙でグチャグチャになる。痛みを耐えるために食いしばった歯茎からは、血が滲《にじ》んできた。

一本、一本、刺すたびに、仁科は、のけ反る。

ガチャガチャと両手、両足につながっている鎖が激しくたわむ。

「フウ……。もう、何本刺したかな？」

「ね、ねえ。一郎さん。どうして、どうして、ここまで酷い事するの？　私が何かしたの？」

「だって、先生。僕のこと、バカにしてたじゃないか」

「そんなこと無い。私は、あなたにしっかりして欲しいから叱《しか》ってただけじゃない」

「フン。そんな言い訳通じないよ」

「言い訳じゃないわ。本気なのよ。あなたに立派な大人になって欲しいから。それだけなのよ」

「うるさい！」

「ねえ、信じて。愛してるのよ。あなたのこと。ねえ、信じて」

「それなんだ。本当は、それが嫌なんだよ」

「…………」

「お前が、ママの真似《まね》をするのが、虫酸が走るほど嫌なんだ！」

一郎は、仁科に怒鳴り散らした。

「ママの真似をするな！　ママは、もっと綺麗《きれい》なはずだ！　お前なんか、ただのメス豚じゃないか！」

「……違う……違うのよ……」

「違わないな！　お前なんか、ただの穴じゃないか！　この、汚物。獣！　畜生！」

「一郎さん……。酷い……」

「ハアッ、ハアッ、ハアッ……」

急に怒鳴り散らしたせいか、一郎は、興奮して肩で息をする。

怒りのあまり、顔が青ざめてしまった。

彼は、ポケットから、薬瓶を取り出す。

「先生。これ、なんだかわかる？」

「そ、それは……、知ってるわ。私の部屋にあったものでしょ」

「そうだよ。先生がおかしくなっちゃった薬だよ」

「どうして？　どうして、そんなもの、持ってきたの？」

「フッ、フハハハハハッ。アハハハハハッ……」

一郎は、のけ反りながら笑う。

「あんたに使うためだよ。当たり前じゃないか」

「嫌よ。それだけは、嫌。堪忍して、お願い。堪忍してぇ」

「これって、直接塗ると、どうなるの？」

そして、薄汚れたパンティを引きちぎる。

一郎は、仁科の大きく開かれた股間の前に立つ。

「ヒッ、ヒィィィッ！」

「ねえ、先生。この薬、あんたの密壺の中に入れたら、どうなるの？」

「や、止めて。それはね、口から飲むものなのよ。粘膜に直接塗ったら、酷いことになるのよ」

仁科の声が震える。

この薬の効果を一番知っているからこそだろう。

ガチガチと震える歯が鳴る。

「試して見ようよ」

「嫌。嫌よ。お願い。わかったわ、もう、ママになるなんていわない。この館から出ていくわ。それでいいんでしょ」

「駄目だよ」

一郎は、指先にたっぷりと薬をすくうと、仁科の密壺の中に入れた。

「グゥウ、ウウウウウ！」

「フフフフッ。丁寧に塗り込まないとね」

一郎は、指を密壺の奥まで突き刺し、そして、円を描くようにヌメヌメとした筒状の中に、丹念に塗り込んだ。

そしてまた、もう一回。指にすくうと、密壺に塗り込む。

それは、トロトロと溶けそうな水飴《みずあめ》を、付けているかのようだった。

「塗ったのね？」

仁科が涙ながらに一郎に哀願する。

「ねえ、お願い。洗い流して下さい。どうか、お願いです。口から飲み込んで吸収されるのにおおよそ三十分。粘膜からだと、恐らく二～三分。それで、効果が出てくるんです。それだけ大量に塗り込まれたら、私、きっと、酷いことになるの。一郎さん。お願いします。今すぐ洗浄すれば、まだ、間に合うと思うの」

「先生。バカだなぁ。そんなこと、するわけないじゃない」

「どうしてぇ。どうしてよぉ。グスッ。どうして、私にこんな事するのよぉ」

「だから、いったろ。お前がママの真似をしたからだよ」

「ウッ……ウウッ……。グスッ……。グスッ……。じゃあ、いうわよ。真似じゃなかったらどうなのよ」

「真似……じゃない？」

「私があんたの本当のお母さんだったら、どうするつもりなのよ？」

一郎の呼吸が一瞬止まった。

「まさか……。馬鹿な」

「あんたのお父さんに中学生の頃、犯されて、妊娠しちゃったら、どうなのよ」

一郎は、頭の中で計算してみる。

十三歳の時に、僕を生んでいれば、今頃……。

「女として身体ができてないときに妊娠してぇ……。グスッ。妊娠中毒症になってぇ……。犯されたショックで不感症になってぇ……。ヒック……、グスッ……。それで、今になって、豚だの、獣だのいわれたら。私、どうすればいいのよ！」

「嘘だ！」

一郎は、怒鳴った。

「この野郎。嘘をつくにも、ほどがある！　どこまでも、薄汚いメス豚だ！」

「いいわよ。嘘だと思うんだったら、好きにしなさいよ」

仁科も、怒鳴り返す。

「この、嘘つきめ！」

「アッ！　来た！　んんんんん……。身体が痺《しび》れる……」

突然、仁科がビクビクと痙攣《けいれん》し始めた。

「ハアッ。グウウ……。か、感じちゃう……ううう。感じちゃううう」

「ほらね。やっぱり、メス豚だ」

一郎は、仁科の乳首を指先で軽く弾《はじ》いてみる。

「ヒッィィィイイ！　気持ちいい」

仁科は、涙を散らしながら、頭を左右に振って絶叫する。

「ハアッ、ハアッ、ハアッ……。さ、触られた……だけで、あんんん、感じる。感じるぅのぉよぉ」

「フフフフッ。お楽しみは、これからだよ。嘘つきのメス豚先生」

一郎は、下半身、裸になり、今にもはち切れそうな凌辱棒を剥き出しにした。

「い、入れるのね」

「そうだよ、他に何かあるの？」

「ハアッ、ハアッ、ハアッ……、ゼェ、ゼェ、ゼェ……。ねえ、ここで止めようよ。これから先は、やっぱり、駄目よ」

仁科の目から、大粒の涙が堰《せき》を切ったようにボロボロとこぼれ落ちる。

「私が、汚く見えたのは……、謝るわ。で、でもね。私の話も聞いて欲しいのよ……。ハアッ、ハアッ、ハアッ……。薬の副作用で……ねえ、男が、男が欲しくなっちゃうのよ……。だから、許してぇ。許して下さいぃ」

「これって、僕にも効いちゃうのかな？」

一郎は、仁科の言葉などまったく無視して、自分の凌辱棒に薬を塗り始めた。

仁科の密壺の中に塗り込んだ薬は、ひょっとしたら、今、目の前にだらしなく小水のように止めどもなく流れ落ちる、愛液で、流されてしまうかも知れない。

何よりも、凌辱棒の方が、密壺の奥まで、薬を塗り込むことができるはずだ。

「あーあ。嘘も、ほどほどにして欲しいなぁ。先生、あなたって、もう少し、頭のいい人かと思っていたのに、そんな嘘、子供もだませないよ」

一瞬、本当のことかと、思わず年齢差を数えてしまった自分が恥ずかしかった。

一郎は、自分の愚かさにクスクスと笑わずにいられなかった。

「おっ！　この薬、本当に効くんだ」

今、塗った、自分の凌辱棒が、ジンジンと痺れてくる。

それどころか、海綿体への充血が増して、一回り大きくなったようだ。

「凄《すご》い……。この薬。本当に凄いんだ」

一郎は、仁科を見た。

怯《おび》えている。

ワナワナと泣きながら、歯をカタカタと鳴らしながら、震えている。

「先生。今まで、時任とか、晋平とか、パパとか、色んな男にぶち込まれたんだから、今更、僕が入れたって、なんてことないでしょ」

「ち、違うの……。あなただけは……違うのよ。お願い、わかって……」

「フフフッ。迫真の演技だね。あなた、女優になれば、きっと、アカデミー賞が取れると思うよ」

一郎は、腰をかがめて、仁科の太股《ふともも》を軽く持ち上げた。

アンダーヘアは、愛液でテカテカに光っている。

それどころか、地下牢の石の床に、水たまりができそうなぐらい愛液が吹き出していた。

「よいっしょ！」

一郎の凌辱棒は、何の抵抗もなく、仁科の密壺に吸い込まれる。

「あっ！　うぅぅううぅぅ！」

仁科は、のけ反って絶叫する。

「ああ、ああ、ああ、あああああ！　いい、いい、いいい！」

「先生、頑張ってね」

一郎は、ゆっくりと自分の腰を前後させ始める。

「ヒッ、ギィィィ。感じる、感じる、感じる、感じるぅ！　いい、いい、いい！」

「ん？　先生のここも、いい感じだよ。すっごい、締まるよ」

「はあん、はあ、はあ、あああん。いいの、いいの。くる、くる、くるぅ！」

仁科の身体が、ビンッと伸びきる。

エクスタシーに達したようだ。

「先生。もう、行っちゃったの？　まだまだ、夜は長いよ」

そういいながらも、媚薬《びやく》の効果だろうか？　一郎も、今までにない快感に酔いしれていた。

全身を愛撫されているような感じがする。

身体全体を密壺の中の温もりとヌメリで愛撫されているようだ。

「ん、ん、それ、ん、ん……」

一郎は、腰の動きを次第に速めていく。

何回か仁科の身体を貫くと、彼女の身体は、硬直して、ブルブルと痙攣する。

「いく、いくぅ。いっちゃうぅ。ああ、あああん、あああ！」

そのたびに、随喜の涙をほとばしらせながら、エクスタシーに達しているようだ。

「ん。僕も、ん、んんんん！」

「あ！　嫌あ！　嫌ぁあぁぁぁぁ！」

一郎の凌辱棒から、白濁の液体が、仁科の密壷の奥に吐き出される。

「あああ！　入った！　入ったぁ！」

ゴツゴツと、仁科が後頭部を地下牢の床に打ち付ける。

「先生。僕の精液、入ったのわかるの？」

一郎は、ゼイゼイと荒い息を付きながら、仁科を怒鳴りつける。

「わかるのよぉ……グスッ、女だもの……クスンッ……。わかるに決まってるでしょ！」

一郎は、凌辱棒を密壷から抜き取る。

ヌチャッ……と、湿った音。

「フウ……」

一郎は、さっきまで仁科が座っていた丸椅子を引き寄せて腰掛ける。

両足を開いて、天井を向いている凌辱棒を剥き出しにしたまま、仁科を上から見下ろす。

大の字に開かれた女の姿は、ある意味、滑稽《こっけい》だった。

「グスッ……。グスッ……。グスン……。ウウ……。ヒック……グスッ」

いつまでも、仁科は、泣きやまない。

ブルブルと快感の余韻に浸りながらも、涙を止めることはなかった。

「先生。それ、随喜の涙ってやつでしょ。よほど気持ちよかったみたいだね」

「……そ……そうよ……」

　力無い、投げやりな言葉。

「でも、どうして、先生。とっさにさっきみたいな嘘を付いたの？　そんなの僕に喧嘩《けんか》売ってるみたいじゃない」

「……そ、そうね……。だって、新造さんから聞いたんだもの……。一郎さん、ママの顔、見たこと無いでしょ」

「ああ、確かに見たこと無いよ。写真、一枚も残ってなかったから」

「何か理由があったのかも知れないけど……、ハアッ……、んん……」

　絶頂の余韻が波のように押し寄せるようで、仁科の言葉は時折、途切れる。

「クッ……だからよ。簡単に騙《だま》せるって思ったのよ……グスッ」

「バカだよね。そんなの」

「アハハハハッ。んん……、ハアッ……。アハハハッ。バカよね。私、本当にバカよね」

　仁科は笑いながら泣き始めた。

「狂っちゃったのかな？」

　一郎は、不思議そうな顔で、仁科を見つめる。

　そんな仁科の狂態よりも、肝心なのは、自分の凌辱棒だ。

　痺れが増して、もう、我慢できなくなってきた。

一郎は、また、薬瓶から媚薬を指ですくうと、凌辱棒に塗る。

そして、仁科の自由を奪っている鎖をノブを回して少しゆるめる。

「なあに、今度は、何するの？」

仁科が気怠《けだる》そうにいう。

「後ろの穴。入れてみようと思うんだ」

「ウフフフフッ……。フハハハハッ……。いいわよ、どこでも、何でもして。もう好きにしてください」

「覚悟したみたいだね」

「いいのよ、いいのよ。入れて、出して、私の身体をあなたのザーメンだらけにしてぇ！」

一郎は、しゃがみ込むと、仁科の太股を両手で持ち上げる。

そして、お尻《しり》の穴に凌辱棒あてる。

仁科のお尻の穴は、密壺から流れ落ちた愛液で、ベタベタになっていた。

「これって、このまま、入れるよ」

「入れて、いいのよ。遠慮しないでぇ」

一郎は、媚薬を塗った凌辱棒をゆっくりと仁科のお尻の穴に入れる。

「グッ、キィィィィィィィ！」

歯を食いしばりながら、のけ反る仁科。

唇を噛《か》んでしまったらしく、血が流れている。

「いい。いいいい！　いく、いくぅ。お尻、お尻ぃぃぃ！」

鎖をゆるめたために、仁科の身体には、ある程度の自由が与えられた。

一郎の腰の動きに合わせて、仁科も腰を振り始める。

「あ、あ、あ、あ、あ、ああ、あああああ、あ、あ、あ、あああああ……」

口から泡を吹きながら、仁科は、絶叫する。

両眼の瞳孔《どうこう》は、完全に開ききって、もはや、何も見えない状態だろう。

「ん、いい。いい。いいわよ、そ、そうよ、そうよ。突くのよ、突き上げるの！　もっと、もっと頂戴。ねえ、いいの。いいいいい！」

グチャグチャと一郎の凌辱棒が、仁科の腸を掻《か》き乱す。

「ねえ、んん、んん、お願いぃぃぃ。お願いが、んん、んん、んん、あるのよぉ」

「何？　ん、ん、ん、せ、先生！」

「はあん、イク、いくう！　ど、どうせ、どうせだったら、ん、んんん、こ、殺して、殺してぇぇぇ！」

仁科は、腰を振りながら、絶叫する。

「お願いします。私を殺してぇ！」

「ん、んんん。んんん、んんん。こ、殺さない。殺さないよ」

ていた。


「どして、どしてなの？」

「んんん、出る。出るよ！」

「ん、んん。行っちゃう、行っちゃううううう！」

　一郎は、射精した後、そのまま、仁科とつながったままで、へたり込んでしまった。

　気が狂うほど、仁科も感じているようだが、彼も、負けないぐらい、媚薬の影響を受けていた。


　呼吸が荒い。

　しかし、射精した直後にもかかわらず、仁科の腸の中で、彼の凌辱棒は、ムクムクと頭をもたげ始める。

「ハアーーーッ、ハアーーーーッ、ハアーーーーッ……。ねえ、一郎さん。ま、また、大きくなって来たみたいよ」

「ハアッ、ハアッ、ハアッ……。ハアッ、ハアッ、ハアッ……。わ、わかってるよ。ぼ、僕の身体の……い、一部だからね……」

「あ、ああ……。はち切れそう……。あなたの凌辱棒が、私の中で、はち切れそう……」

「はあ……、はあ……。先生……」

　一郎は、一息つくと、ゆっくりと膨張しきった凌辱棒を仁科のお尻の穴から引き抜く。

　ズルズルと肉ヒダの抵抗を感じる。

「クゥッ……。はあぁぁんん」

抜ける瞬間、仁科は、のけ反ってその感触を楽しんでいるようだ。

「はあ、はあっ、はあん……。んん。い、一郎さん……、よ、汚れちゃったわね……」

ムクムクとふくれあがった一郎の凌辱棒は、さっきよりも、また、少し、大きく太くなっているようだった。

「ねえ、ねえ。お願い。鎖、ゆるめて頂戴。な、舐《な》めさせて……。それ、一郎さんのそれ、舐めてもいい？」

一郎は、返事もせずに、仁科の身体を拘束している鎖のノブを回して十分な自由を与えた。彼女は、這《は》いずりながら、一郎の足にすがると、凌辱棒を口にくわえる。

「ハアッ、ハアッ、ハアッ……。ムチュッ……クチュッ……。お、美味しいわぁ……。グチュッ……、一郎さんのこれ、ん、んんん。お、美味しいぃ。美味しい……」

ダラダラと唾液《だえき》を垂らしながら、仁科は、文字通り、一郎の凌辱棒にむしゃぶりつく。

そして、丹念に、カリの裏から根本まで、すべて、舐めあげる。

それから、口にほおばっては、喉《のど》の奥まで吸い込む。

「バチュッ。ブチュルルルル……」

吸い上げる、仁科の口から、ブチャブチャと鈍い音が漏れる。

「ハアッ、ハアッ、ハアッ……。ハフッ、んんん」

「ねえ、先生」

仁科は、チラッと上目遣いで一郎を見たが、すぐに一郎の根本に視線を移す。

「ん？　んん、ハフッ、ん、くぢゅっ……」

「先生。さっきの話の続きだけど……」

「グチュッ。バフッ。ん、ん、ん、ハアッん。ん、ん、ん、んん、ん」

仁科は、一郎の声など気にしないで頭を前後させながら、一心にフェラチオを続ける。

「僕、人、殺したりするの嫌だから……」

「ん、ん、んんん、ん、ん、ん、ん、ん、ん……」

仁科の頭の動きが激しくなる。

「う！　出ちゃう。出ちゃうよ」

「ん、んん、ん、ん、ん、ん……」

一郎の声に合わせて、仁科は一段と口を激しく動かす。

「クウッ！」

一郎は、仁科の後頭部を両手でつかむと、力任せに手前に引く。そして、腰を思いっきり突き出す。

「ん！　んぐぐぅぅぅぅ！」

喉が凌辱棒で閉ざされてしまい、仁科は、呼吸が止まる。

苦しさのあまり、白目を剥くが、一郎の行為に、何の抵抗もしない。

そのまま、一郎は、仁科の喉の奥に、精液を吐き出す。

「ぐ！　ぐ！　ぐ！」

吐き出した後、出し切れてない精液を、数回、搾り取るように、一郎は仁科の喉の奥へ奥へ、凌辱棒を突き立てる。

「はあっ！」

出し切った一郎は、自分の凌辱棒から、無造作に仁科の頭を引き抜くと、そのまま、彼女の身体を床に転がす。

ビクビクと、痙攣する仁科の身体。

まるで、魚かなにかが、死にそうになっているように見える。

「…………カハァッ！　ゲホッ！」

仁科が喉の奥から、一郎の精液を吐き出す。

「ハアッ、ハアッ、ハアッ、ハアッ、ハアッ、ハアッ……」

喘《あえ》ぐように呼吸をする仁科。

果たしてもう少し、一郎の射精が遅れていたら、窒息死していたのだろうか？

「汚いなぁ……」

そんな、彼女の姿を見て、一郎は、吐き捨てるようにつぶやく。

「汚い？」

荒い息の下で、顔を上げることすらできない仁科は、さえずるような声でもう一度、一郎に問いかける。

「一郎さん。私、汚い？」

「うん。もの凄く、汚い」

「でも、こんな、汚い身体に感じてるんでしょ？」

必死になって、彼女は、両手を支えに、上半身を起こす。

「つ、次は？　どうするの？　ハアッ、ハアッ、ハアッ……。クッ！」

仁科は、乳房の針を一本ずつ、抜いていく。

「痛い！　痛いわ、一郎さん。で、でも……いいの。次は、どうするの？　また、密壺に入れる？　それとも、口？　お尻でもいいわよ。ねえ、一郎さん……」

泣きながら、仁科が、ジリジリと一郎ににじり寄る。

「も、もういいよ。後にする」

一郎が一歩、後ずさる。

「ん……はぁ……」

仁科が体の向きを変えて、一郎に股間を開いてみせる。

そして、自ら指で自分の密壺を愛撫し始める。

「はあっん……。き、気持いい……。で、電気、電気が走る……ん、みたい……はぁん」

　バックリと開いた密壺。その花びらが愛液で濡れそぼりキラキラと光る。

「はあん、はあああん。ねえ、見て、一郎さん。見てぇ！」

　涙と精液でドロドロに汚れた顔に、満面の笑みをたたえて、仁科が一郎を見る。

　焦点は合っていないが、何となく、こちらを見ているのだろうということがわかる。

「汚いから見たくない。止めてよそんなこと」

　一郎は、そっぽを向く。

「で……でも、一郎さん……んん。立ってるのよ。あなた。それ、見てよ。も、もう、はち切れそうよぉ。ね、ねえ……。お願いよぉ。見て、そして、入れて！　頂戴、私に、入れてぇ！」

「気が滅《め》入《い》っちゃったよ。また、後でくる」

　一郎は、彼女に背を向けてズボンを拾い上げる。

　簡単に身支度をすると、サッサと地下牢を出ようとする。

「ねえ！　お願い！　来て。入れて！　あなたの身体、全部、私のものよ！　ねえ。お願いします。出して！　私の中に出してぇぇぇぇぇ！」

　オナニーをしながら、仁科は、一郎の背中に声をかけ続ける。

　しかし、彼は、彼女に背中を向けたまま、返事をしなかった。

エピローグ

「ああ……身体がだるい……」

地下牢《ちかろう》の石段を、数歩上がるたびに、息が上がる。

媚薬《びやく》の効果は薄れてきたのか、下半身にあった、熱い痺《しび》れるような感触は、すっかり薄れてしまった。

しかし、勃起《ぼっき》は収まらない。

リビングでは、洋子がルミの頭を膝《ひざ》に乗せて、髪の毛を撫《な》でていた。

「……い、一郎さん……」

洋子が、顔を上げる。

「やあ、気付いたの？」

「……うん」

洋子は、視線を落として、ルミを心配そうに見ている。

呼吸はしているようだ。死んでいる訳ではなさそうだ。

「ルミ……さん。大丈夫……かな？」

「大丈夫だよ」

「ねえ……、また……するの？」

やはり、つぶやくように洋子がいう。

「そうだね」

「……裸に……なった方が……いいよね」

洋子が、緩慢な動作で、服を脱ぎ始める。

ブラウスを脱いでは、丁寧に折り畳んで、床に置く。

ブラも、同じように。

艶々《つやつや》とした洋子の乳房が、目にまぶしいぐらい、綺麗《きれい》だった。

「今は、いいよ」

「……どうして？」

不思議そうな顔で、洋子は、一郎の股間《こかん》を見る。

そこは、ズボン越しに見ても、はっきりと勃起しているのがわかる。

「……男の……人。そうなったら……嫌でしょ……。出さないと……」

「…………」

「私……いいよ……。何度でも……いいよ。セックス……好きじゃないけど……慣れてる
……の。だから……いいよ」

「後でまた来るよ」

「うん。裸……の……まま、待ってる……」


一郎は、食堂に行く。

「……はい。次の方……どうぞぉ……」

テーブルに張り付け状態にされたままの節子が、何かブツブツと喋《しゃべ》っている。

開いた瞳孔《どうこう》。天井を見ているのだろうか？

一郎は、針金をほどいて節子を自由にする。

「あら、いらっしゃい。今日は、どうしたの？」

上半身を起こして節子が微笑《ほほえ》む。

「節子さん」

「風邪ですか？　それとも、頭痛？」

「どうしたの？　節子さん」

「まあ、大変。腫《は》れてるみたい」

節子は一郎の股間を見て、慌てて、テーブルから降りる。

カチャカチャとベルトを外すと、勃起した凌辱棒《りょうじょくぼう》を不思議そうに眺める。

「まあ、どうしちゃたのかしら？」

「勃起してるだけだよ」

「いいえ。何かの病気かも。診察、しなきゃ駄目ですよ」

「ほっとけば大丈夫だよ」

「駄目よ。先生に任せなさい」

節子は、そそり立つ一郎の凌辱棒をゆっくりと両手で撫でる。

「凄《すご》いわぁ。こんなに、腫れたの初めてみましたぁ」

「節子……」

「ねえ、ちょっと口に含んでもいい？」

「いいよ」

節子は、一郎の返事も待たずに、凌辱棒の先端を口に入れる。

唇と舌で亀頭の部分を丹念に舐《な》める。

「ん……。ん……。ハアッ……、ん……、ん……」

痺れが残っている。

また、一郎の股間から腰にかけて、痺れるような快感が何度も満ちてくる。

「も、もういいよ」

一郎は、両手で、節子の頭を離す。

「あっ、ああん。もうっ。いいの？　病気だったら、どうするんですか？」

「これは、病気じゃないよ」

「フフフフッ……。病気じゃないんだぁ……。ウフフフフッ……。フハハハハッ……」

節子は、天井を見上げながら、クスクスと笑い続ける。

一郎は、食堂を出た。

そして、自分の部屋に入る。

ギィ……と古めかしい木製のドア。真鍮《しんちゅう》のちょうつがいが、軋《きし》む。

中に入ると、アイが横たわっていた。

「……だ、旦那様……」

アイは、頭を上げる。

「アイ、寝ていたのか？」

「も、申し訳ありません。なんだか、横になっていました」

一瞬、立ち上がろうとするアイ。

しかし、膝が伸びないことを思い出して、四つん這《ば》いのまま、一郎の側《そば》に来る。

「フウ……」

一郎は、ベッドに座る。

「アイ。おいで」

「はい。旦那様」

アイは、一郎の膝元で正座する。

「頼むよ」

一郎は、一言だけいうと、ポケットから、媚薬を取り出す。

アイは、察知して、一郎の股間から、凌辱棒を出そうとする。

しかし、勃起しているそれは、なかなか、上手く出てこない。

一郎は、腰を浮かして、アイが自分のズボンを脱がそうとするのを手伝ってやる。

「ハム……。クチュッ……。ああん……。んん、んんん……」

アイは、丁寧に凌辱棒を舐める。

「ズルッ……。ピチャッ……。ハアッ……、んん。んん、んん、んん、ん、ん……」

「アイ」

「んん……。はい？」

アイは、凌辱棒から口を離して、一郎を見上げる。

「何ですか、旦那様」

「アイ。お前、どうして、この屋敷にいたいと思うんだ？」

「ウフフフフッ……。旦那様。簡単でございます」

「何が？」

「だって、このお屋敷は、アイの思い出でございますから……」

「どういうことなんだ？」

「アイも、良く覚えておりませんが……。アイは、このお屋敷で生まれたんだそうです」

「へえ……。初耳だね」

「大旦那様しか、ご存じないと思います」

エピローグ

「それで、ずっとここにいるの？」

「はい。おります」

「でも、アイ。お前、それって、監禁じゃないのか？」

「ウフフフフッ……。そんなこと、ありません。アイは、中学までは、きちんと学校に通っておりました」

「フーン。じゃあ、高校は？」

「アイは、勉強が嫌いでしたから……。行きませんでした」

「お前、悲しくないのか？」

「悲しい？　悲しいのですか？　アイは」

「僕が聞いているんだ」

「ウフフッ……。申し訳ありません。アイは、このお屋敷にいることが楽しいのです」

「変わった奴だな」

もう一度、一郎は、薬瓶を目の前にかざしてみた。

やはり、あと、半分は残っている。

これを一気に飲めば、死んでしまうのだろうか？

なんだか今、夢の中にいるような気がする。

明日の朝、アイから起こされて、また、堅くなったトーストを食べているような気がする。でも、アイから愛撫《あいぶ》されている凌辱棒の感触は、実際のことなのだろう。

「ん。ごく、ごく、ごく……」

一郎は、瓶に残った媚薬を一滴残らず飲み干した。

「ふぅ……」

ちょっと甘いか？　妙な味だった。

「アイ。ちょっとおいで」

「はい」

一郎は、アイを抱き寄せる。

そして、ゆっくりとキスをする。

アイの舌がからんでくる。

クニャクニャと柔らかい舌が、まとわりつく。

抱き寄せたアイの身体は、柔らかくて、しなやかで、驚くほど華奢《きゃしゃ》だった。

生まれて初めてのキス。

今日は、すべてが初めての経験だった。

「ん……」

アイの口元から、軽く声がこぼれる。

控えめに、一郎の舌の動きに丁寧に反応して、小さな、暖かい舌をからめてくる。

優しく暖かい感触がそこにはあった。

「あ……」

一郎は、アイの身体を両腕で離す。

「だ、旦那様……」

彼女の潤んだ瞳は、一郎から視線をそらさない。

僕のことが本気で好きなのだろうか？

そんな気がした。

フッ……、馬鹿馬鹿しい。

一郎は、頭を左右に振りながら、一瞬よぎった愚かな妄想をうち消した。

この女が、僕のことを本気で愛してるなんて、あり得ないと。

「アイ。しばらく舐めていてくれ」

「だ、旦那様……。承知いたしました」

潤んだ瞳でアイは応える。

そして、床に座り込むと、一郎の凌辱棒を一心にしゃぶり始めた。

「くちゅ、クチュッ……。ピチュ……。ビチャッ……」

「ん……。いい気持だ」

一郎は、全身を貫く快感と共に、深い眠りに誘われていた。

目を閉じると、そのまま、深い、眠りの闇に連れて行かれそうだ。

生まれて初めての経験をたくさんした。

何より、人に対して復讐するとか、嫌がる女を蹂躙《じゅうりん》するとか、そんなことは、未だかつて一度も経験していない。

「パパ……。明日、パパから怒られるかな？」

いや、女を弄《もてあそ》んで怒られるなんて、恐らくあり得ない。

誰からも怒られることも、非難されることもないと思う。

だから、薬を飲むことは、ちょっとしたカケだ。

生きていられるか、死んでしまうか。それとも、別の結末があるのか？

「僕は、今度、どこで起きるのかな……？」

そして、一郎の中に闇が広がっていく。

完

あとがき

小説版も完成。いゃあ。毎回、小説書くときは、何かと大変。今回は、事務所の引っ越しとか、イベントなんかが重なって、忙殺されながらの執筆でした。

そんな中で、今回は今までの作品とは、ちょっと違うものでした。何しろ、自分が原作者であり、ゲームデザイナーであり、監督であり、メーカーの一員ということは、過去のノベライズと違って、メーカーからの文章チェックなどが、まったくないわけです。

普通……自分に当てはめてですが、ノベライズは、まず、そのゲームの何たるかを知るわけです。他人様が作ったゲームじゃないですか、理解するには時間がかかります。そこからどんな小説に仕上げようかと考えるのです。そんな作業が、まったく必要ない訳です。じゃあ、執筆が楽だったのかというと、実は、作品世界の奥の方に入り込んでしまって、抜き差しならない状態になってしまいました。『もう好き』というゲーム自体、人間の内面をえぐりながら描いて行ったゲームです。たまたま、主人公を描いていったら、そうなった訳で、別に企画段階からそう思っていたわけではないのですよ。開発ギリギリまで、もりたみが、悩んだ末にそんな作品になってしまったのです。それで、小説。これはもう、ゲームよりも奥深く潜り込んでいくしかない。弊社では、企画室のスタッフに第1稿を読ませて文章チェックをさせるんですが、その時の感想が「途中で寒気がしました」とか、「社長、ちょっとこれ、信じられないんですけど」とか……。果たして……、皆さんのご感想をお伺いしたいところです。

もりたみ　よを　7月吉日

もう好きにしてください～凌辱と鎖と秘密の穴～

2000年8月1日 初版第1刷発行

著　者　もりたみ よを
原　作　システムロゼ
イラスト　天手古 舞

発行人　久保田 裕
発行所　株式会社パラダイム
〒166-0011 東京都杉並区梅里2-40-19
ワールドビル202
TEL03-5306-6921 FAX03-5306-6923

装　丁　林 雅之
印　刷　株式会社秀英

乱丁・落丁はお取り替えいたします。
定価はカバーに表示してあります。

既刊ラインナップ

定価 各860円+税

1 悪夢 ～青い果実の散花～ 原作:スタジオメビウス
2 脅迫 原作:アイル
3 痕 ～きずあと～ 原作:リーフ
4 慾 ～むさぼり～ 原作:May-Be SOFT TRUSE
5 黒の断章 原作:Abogado Powers
6 淫従の堕天使 原作:DISCOVERY
7 Esの方程式 原作:Abogado Powers
8 歪み 原作:May-Be SOFT TRUSE
9 悪夢 第二章 原作:スタジオメビウス
10 瑠璃色の雪 原作:アイル
11 官能教習 原作:テトラテック
12 復讐 原作:クラウド
13 淫Days 原作:ルナーソフト
14 お兄ちゃんへ 原作:ギルティ
15 緊縛の館 原作:XYZ
16 密猟区 原作:ZERO

17 淫内感染 原作:ジックス
18 月光獣 原作:ブルーゲイル
19 告白 原作:ギルティ
20 Xchange 原作:クラウド
21 虜2 原作:ディーオー
22 飼 原作:13cm
23 迷子の気持ち 原作:フォスター
24 ナチュラル ～身も心も～ 原作:フェアリーテール
25 放課後はフィアンセ 原作:スィートバジル
26 骸 ～メスを狙う顎～ 原作:SAGA PLANETS
27 朧月都市 原作:GODDESSレーベル
28 Shift! 原作:Trush
29 いまじねいしょんLOVE 原作:U・Me SOFT
30 ナチュラル ～アナザーストーリー～ 原作:フェアリーテール
31 キミにSteady 原作:ディーオー
32 ディヴァイデッド 原作:シーズウェア

33 紅い瞳のセラフ 原作:Bishop
34 MIND 原作:まんぼうSOFT
35 錬金術の娘 原作:BLACK PACKAGE
36 凌辱 ～好きですか?～ 原作:アイル
37 My dearアレながおじさん 原作:ブルーゲイル
38 狂＊師 ～ねらわれた制服～ 原作:クラウド
39 UP! 原作:メイビーソフト
40 魔薬 原作:FLADY
41 臨界点 原作:スィートバジル
42 絶望 ～青い果実の散花～ 原作:スタジオメビウス
43 美しき獲物たちの学園 明日菜編 原作:ミンク
44 淫内感染 ～真夜中のナースコール～ 原作:ジックス
45 My Girl 原作:Jam
46 面会謝絶 原作:シリウス
47 偽善 原作:ダブルクロス
48 美しき獲物たちの学園 由利香編 原作:ミンク